此物相思，最抚凡人心

林建法　艾明秋——主编

辽宁人民出版社

© 林建法　艾明秋　2023

图书在版编目（CIP）数据

此物相思，最抚凡人心 / 林建法，艾明秋主编 . ——
沈阳：辽宁人民出版社，2023.1
（太阳鸟文学精选）
ISBN 978-7-205-10497-9

Ⅰ . ①此… Ⅱ . ①林… ②艾… Ⅲ . ①散文集—中国
—当代 Ⅳ . ① I267

中国版本图书馆 CIP 数据核字（2022）第 143569 号

出版发行：辽宁人民出版社
　　　　　地址：沈阳市和平区十一纬路 25 号　邮编：110003
　　　　　电话：024-23284191（发行部）　024-23284304（办公室）
　　　　　http : //www.lnpph.com.cn
印　　刷：北京长宁印刷有限公司天津分公司
幅面尺寸：145mm×210mm
印　　张：7
字　　数：113 千字
出版时间：2023 年 1 月第 1 版
印刷时间：2023 年 1 月第 1 次印刷
责任编辑：蔡　伟　赵维宁　段　琼
封面设计：琥珀视觉
版式设计：一诺设计
责任校对：吴艳杰
书　　号：ISBN 978-7-205-10497-9
定　　价：48.00 元

CONTENTS

目录

01

贺州见闻·蛙事

◎贾平凹

贺州见闻

一

从桂林往贺州去，一路都是山。这山很奇怪，有断无续，散乱着全是些锥形，高倒不高，人却绝对上不去。山还能长成这样？想着是上天把一张耙翻过来的吧，满是耙齿。

据说这里曾经是山与海争斗之地，厮杀得乌烟瘴气，至今人们还习惯多吃姜蒜，而现在作为特产的黄蜡石，可能也是那时凝固的血。后来，海要淹没山的时候，海气竭而死，山也只残存了峰头。

高速路就在这样的山中穿行，偶尔到一处了，山突然就躲闪开来，阔地上便有了楼房屋舍，少的就是村镇，多的则为县城了。而躲开的山远远蹲着，好像是栽了桩要围篱笆，也好像是狗在守护。

我还纠结着那场山与海的战争：多大的海呀就死了，水原来也是一粒一粒的，水死成了沙子？！

二

贺州有许多古镇，我去了黄姚。黄姚是在一个山湾里，河流又在镇子中。水在曲处有桥，桥头桥尾有树。桥都很质朴，巨型的石板相互以石榫接连了平卧在水面，树枝却向四面八方的空中张扬，且从根到梢挂满了菟丝女萝，在风里似乎还要飞起来。桥前树后都是人家，街巷便高低错落，弯转迂回，从任何一处进去也能游遍全镇，而走错一个岔口，却是半天不得回来。

街巷里货栈店铺很多，门面都有小造型，或挂了幌旗，或吊上灯笼，布置了真花和假花，甚至一根麻绳拴了硬纸片儿就在门环上："只做你爱吃的味道"，"女人不可百日无糖"，"老地方今夜有梦"，"我有酒，你有故事吗"……老板或许是文艺青年，招揽着小情小调的顾客，觉得有些花哨和轻浮，想想这也是时代风尚，便浅浅地笑了。

但那挑着担子叫卖的油茶、用竹签扎着吃的菜酿，以及小摊上的山稔子、黄荆子、野百合、五指毛桃，使你知道了这里的特产和特色。更有街巷里的黑石路，千人万人走过了，已经漆明油亮，傍晚时闪动着辉，它是一直在明示着镇子数百年的历史。

我在那里故意滑了一跤，用手去抚摸像皮肤一样细腻的路面，我知道，路面也同时复印了我的身影。

三

在乡下人家院里，见墙边放着数个带孔的陶罐，陶罐里养着蛙，问其缘故，回答是：防贼的。先是不解，蓦地明白，拍手叫好。一般防贼都是养狗，狗多是在打盹，要是有贼，它就扑着叫，而蛙平常爱说话，贼一来，却噤声了。世上好多不祥事，总有人抗议，也总有人沉默，沉默或许更预警。

四

走潇贺古道，顺脚进了一个村子。村东头是座戏台，台柱上贴了张青龙神位的纸条，摆着个香炉，村西头有间屋楼，楼檐上贴了张白虎神位的纸条，也摆着个香炉。在村巷中转悠，怪石前有香炉，古树下有香炉，碾子、酒坊、石井、磨棚都有香炉。到一户人家里，上房、厢房、厦屋、后院到处敬的是菩萨，天师、财神、灶王，还有祖宗牌位，还有关公钟馗的画像，甚至那门上钉着个竹筒，里边插了香，在敬门神。我们一行人正感叹：诸神充满！就见一个老者走过来，面如重枣，白胡垂胸，但个头矮小，肚腹硕大，短短的两条胳膊架着前后晃动。我说：咦，这像不像土地爷？同行的人看了，都说像。

五

　　贺州人长寿，眼见过几十位都是百岁以上，考察他们的养生秘诀，好像并没有什么，只是说早晚喝油茶，顿顿有菜酿。

　　这油茶不是那种茶树籽榨出的油，也不是用炒面做成的茶羹。而是把老姜和大蒜切成碎末和茶叶搅和一起在鏊子里炒，炒出了香，就用小木槌捣砸，然后起火烧锅，还要捣砸，边添水边捣砸，不停地捣砸，直到汤汁煮沸，捞去渣滓，油茶就做好了。菜酿的酿原本是一种面皮包馅的蒸煎烹煮，但这里不产面粉，就豆腐、辣角、冬瓜、鸡皮、桃子、香蕉、猪肠、萝卜、兔耳、瓜花、茄子、豆芽、韭菜，没有啥不可包上肉馅、菇馅、花生馅来酿了。

　　我是喝第一口油茶时，觉得味怪怪的，喝过一碗，满口生香，浑身出汗，竟然上了瘾，在贺州的那些日子，早晚要喝两碗。菜酿也十分对胃口，吃饱了还再吃几个，每顿都鼓腹而歌。我说我回西安了也试着做油茶菜酿呀，陪我们的朋友说那不行的，这里曾经有人去了外地开专卖店，但都因味道变了失败而归。这或许是有这里气候的原因、水的原因、所产的食材的原因，或许也是天意吧，只肯让贺州人独受。

那么，我说，要长寿就只能以后多来贺州了。

蛙事

世上万物都分阴阳，蛙就属于阴，它来自水里。先是在小河或池塘中，那浮着的一片黏糊糊的东西内有了些黑点；黑点长大了，生出个尾巴，便跟着鱼游。它以为它也是鱼，游着游着，有一天把尾巴游掉了，从水里爬上岸来。

有两种动物对自己的出身疑惑不已，一种是蝴蝶，本是在地上爬的，怎么竟飞到空中？一种是蛙，为什么可以在湖河里又可以在陆地上？蝴蝶不吭声的，一生都在寻访着哪一朵花是它的前世，而蛙只是惊叫：哇？哇！哇？！它的叫声就成了它的名字。

蛙是人从来没有豢养过却与人不即不离的动物，它和燕子一样古老。但燕子是报春的，在人家门楣上和尾梁上处之超然，蛙永远在水畔和田野，关注着吃，吃成了大肚子，再就是繁殖。

蛙的眼睛间距很宽，似乎有的还长在前额，有的就长在了额的两侧，大而圆，不闭合。它刚出生时的惊叹，后来可能是悟到了湖河或陆地的许多秽事与不祥，惊叹遂为质问，进而抒发，便日夜哇声不歇。愈是质问，愈是抒发，生出了怒气和志气，脖子下就有了大的气囊。春秋时越王勾践为吴所败，被释放的路上，见一蛙，下车恭拜，说："彼亦有气者？！"立下雪耻志向，修德治兵，最终成了春秋五霸之一。

谐音是中国民间的一种独特思维，把蝙蝠能联系到福，把有鱼能联系到有余，甚至在那么多的刺绣、剪纸、石刻、绘图上，女娲的造像就是只蛙。我的名字里有个凹字，我也谐音呀，就喜欢蛙，于是家里收藏了各种各样的石蛙、木蛙、陶蛙、玉蛙和瓷蛙。在收藏越来越多的时候，我发觉我的胳膊腿细起来，肚腹日渐硕大。我戏谑自己也成了一只蛙了，一只会写作的蛙。

或许蛙的叫声是多了些，这叫声使有些人听着舒坦，也让有些人听了胆寒。毛泽东写过蛙诗："独坐池塘如虎踞，树荫底下养精神。春来我不先开口，哪个虫儿敢作声。"但蛙也有不叫的时候，它若不叫，这个世界才是空旷和恐惧。我在广西的乡下见过用蛙防贼的事，是把蛙盛在带孔的土罐里，置于院子四角，夜里在蛙鸣中主人安睡，而突然没了叫声，主人赶紧出来查看，果然有贼已潜入院。

虽然有青蛙王子的童话，但更有"癞蛤蟆想吃天鹅肉"的笑话，蛙确实样子丑陋，暴睛阔嘴，且短胳膊短腿的，走路还是跳着，一跳一拃远，一跳一拃远。但我终于读到一本古书，上面写着蟾蜍、癞蛤蟆都是蛙的别名，还写着嫦娥的名字原来叫恒我，说："昔者，恒我窃毋死之药于西王母，服之以奔月。将往，而枚占于有黄。有黄占之曰：'吉，翩翩归妹，独将西行。逢天晦芒，毋惊毋恐，后且大昌。'恒我遂托身于月，是为蟾蜍。"

啊哈，蛙是由美人变的，它是长生，它是黑夜中的月亮。

（原载《人民文学》2020 年第 5 期）

02

送走一只狗

◎南帆

卡普没有了。

再也没有一只欢乐、贪吃、精力旺盛的拉布拉多端坐在阳台的玻璃门背后，眼巴巴地等待我们回家了。

事情的开端在哪里？想不起来。总之，卡普已生病了一段时间，不怎么愿意吃东西。它那个强悍的胃哪儿去了？不过，我们没有认真对待这个信号，太忙。晚上下班回来，懒懒地趴在阳台上的卡普撑起身子，踱到玻璃门边向我打招呼。它用力地咳嗽几声，表示身体不适，或者还伸了伸脖子，做出了想呕吐的动作。我觉得咳嗽和呕吐像是装出来的，如同邀宠。离开阳台之后，我并未再听到咳嗽的声音。卡普重新趴了下来，眼睛望着屋里，我不怎么理睬它。

那天卡普莫名其妙地摔倒了。太太招呼卡普到卫生间冲澡，这是它最热爱的一项活动。站在那儿等待热水的时候，卡普突然僵硬地侧向摔倒在卫生间的地砖上，如同一匹没有膝盖的木马翻倒在地。太太惊叫着跑过去，几乎不相信自己的眼睛。一两分钟之后，卡普才挣扎着起来，低着头神情黯然。

我们觉得情况有些严重，开始打电话联系一位大嫂，当初就是从她手里买回了卡普。大嫂麾下拥有一个庞大的拉布拉多团队，见多识广。大嫂开一辆小面包车来了，卡普使劲摇动尾巴。它认出了自己小时候的主人。大嫂看了看卡普的鼻孔，认为没什么大事，感冒而已。她给了些药，还喂卡普吃了两个"力克舒"——一种常见的治感冒胶囊。两天过去了，卡普的症状没有减轻，仍然不吃东西。大嫂又来了。她利索地用两腿夹住卡普，一手揪起卡普脊背上的肌肉扎了一针。卡普仅仅轻轻地挣了一下，它忍着痛。

又过了几天，太太要到东北出差。她不放心，和我商议将卡普存放在大嫂那儿两天，喂药打针可以方便一些。大嫂的小面包车停在门口，我们连哄带拖把卡普弄上去。尽管它认得大嫂，可是不愿意离家。太太后来伤心地说，她与卡普的最后一面竟然是卡普隔着小面包车的后窗向我们张望。

第二天，我没有联系上大嫂。晚上突然有些不放心，独自驾车到大嫂店里。店堂的笼子里，一群大大小小的拉布拉多正在嬉闹。大嫂一面忙碌一面说，卡普不适应这里，只喝了些水，而且一直不肯趴下。我在店堂角落的铁笼子里看到了卡普。笼子很小，它固执地站着，脑袋顶到了栅栏，双腿已经开始发抖。我打开笼子，它乖乖地上车跟我回家。我在电话里和太太商议，必须送卡普去宠物医院，大嫂那儿不能解决问题。网络上可以搜索到附近一家有名的宠物医院地址。

次日上午将卡普运到宠物医院就诊。一个医务人员帮忙将卡普按在二楼的一张金属病床上，刮去前腿的一小撮毛，抽血检查。它已经没有多少力气，稍稍反抗一下就任人摆布了。等待化验单的时候，卡普不声不响地站在我脚边，低着头，如同一个犯了错误的孩子。我拍拍它的脑袋，让它卧在地上。

化验的结果让我大吃一惊。医生说是肾衰竭，卡普身上的酸碱度已经完全失衡。狗怎么可能肾衰竭？我无法相信。医生指点化验单上的一系列数据说服我，并且告诉我预后很不乐观。我还是决定治疗，并且按照太太在电话里的叮嘱，让医生用最好的药。交纳了一大笔费用之后，医院要给卡普挂瓶。沿着楼梯下来，卡普一扭头就往汽车上跑。我把它拖回来，推进一个小铁笼，把门插上。医生说挂瓶的时间很长，让我晚上再来。

晚上的宠物医院很安静。七八个小时了，铁笼子上方药瓶中透明液体通过一条细细的塑料管持续淌入卡普的躯体。它无声地看着我，对放在面前的一小盆清水没有丝毫兴趣。值班医生叹了口气说，不知能不能熬过这几天。卡普周围有四五个笼子。一只老狗在打盹儿。两只小狗在打闹。还有两只大肥猫无忧无虑地翻过来，滚过去。我问了问，都是出差的人家寄养在这儿的。我坐下，陪同卡普到半夜。

第二天大早我又到医院，卡普更为衰弱了。它不动，也不再发出声音，只是盯住我，一只眼睛慢慢地淌出了泪水。估计它意识到自己大限将至。我以为卡普仅仅是想回家，就摸了摸它的脑袋，说几句话安慰它，为它换了一盆清水之后就去上班。上午十点多突然接到医院的电话，说卡普已经走了。他们把卡普放出来上厕所，还没来得及回到笼子就咽了气。

我有些回不过神来，心中突然生出了一些恨意：怎么能就这么走了？我打电话给太太，她乘坐的火车正在东北大地上奔驰。我表示不想再到医院，让他们处理善后罢了。太太劝我还是去一趟，不能让卡普独自离开。我没有说出口的顾虑是，担心自己到医院会忍不住失态。

当然最后我还是去了。到达医院的时候，卡普已经被放在一个纸箱里。它安静地躺着，蜷曲的脑袋枕在自己的胳膊之上，仿佛正在熟睡。我用手机拍了几张相片，然后让他们用胶带封上纸箱。医疗费还剩余几百，跟医院的人说不必退了，但委托他们给卡普找个好地方，最好能葬在城郊东面的那座山上。交割清楚之后回到汽车上，我的眼睛一下子模糊了。

两天以后医院发来了几张安葬卡普的现场相片。他们在山上挖了一个坑，埋入纸箱之后填上土，从此卡普就在那儿了。我不清楚具体的地点。他们说在一个废弃的茶场附近，相片的边缘有几幢旧的农舍，一根电线杆上的电线斜斜地切过画面，四周植物茂盛。

很长一段时间，我无法和别人谈起卡普。一想到它，喉头会突然哽住，一下子说不出话来。悲伤时常出其不意地袭来，猛烈得让自己感到意外。

太太出差回来之后，那天我们驾车经过一个老街区，街道两旁有一些老店铺。太太说今天是卡普的头七，我们给它烧一些纸钱吧。太太在老店铺里买了一些镀上金箔的纸钱和一对蜡烛，我们去了工作室的露台。以前带卡普到露台上玩过，它肯定曾经跷起脚对准那些花花草草撒过尿。我们在一个小铁桶里烧纸钱，黑烟缭绕，桶底厚厚的一层纸灰，地上一对蜡烛的火苗在微风中摇曳。我一边烧纸钱一边说：卡普，到了那边还要做一只快乐的狗！遥远的市区夜空，有人在放烟花，砰砰连声。我觉得空气仿佛动了一下。太太突然非常肯定地说：卡普来过了。

两天之后发生了一件奇怪的事情。太太手机响铃的时候，屏幕上出现的居然是卡普的相片：卡普嘴里叼着塑料彩球，满脸调皮地趴在窗台上。这是一张很久以前的相片，似乎也不是这部手机拍的。由于伤心，太太已经删去了手机里所有卡普的相片。这一张相片为什么突如其来地显现？无法解释，我们有些惊悚。当然，我们坚信卡普不可能加害于人。一个月之后，太太不慎摔了手机，屏幕裂开了。太太换了手机，她不愿意看到屏幕上一张卡普破碎的脸。现在，那一部屏幕裂开的手机一直放在抽屉里。

那一天出门，太太驾车，我坐在副驾位置上。马路的前方一脉山峰，如同几扇深蓝色的屏风。太太突然问，那是什么山？我告诉她那座山的名称，翻过山峰是哪一个县城的地界，太太没有作声。我往旁边一看，一道泪痕淌过她的脸颊。我突然明白了，卡普正是葬在那座山上。

我们一直不敢将卡普去世的消息告诉身居北京的女儿。她知道卡普重病之后，哭得浑身颤抖。女儿从北京回来，我们说卡普送到大嫂山上的狗场去了，接近泥土有利于卡普养病。她将信将疑。去年春节的时候，女儿执意要到山上看望卡普。太太事先和大嫂商量好，并且挑出一只长相相似的狗冒充卡普，然后和女儿驾车上山。女儿回来告诉我，山上的狗场里有一大群拉布拉多奔蹿嬉闹。她拿了香肠和馒头在栅栏外面招呼，一只拉布拉多脱离群体跑了过来，吃掉了香肠和馒头之后又跑开了。她觉得它就是卡普，比往日胖了一些壮了一些。她愿意这么相信。

我和太太也愿意——愿意相信卡普仍生活在那座蓝色的山里，漫山遍野地奔跑，自由自在，而且，贪吃、顽皮、快乐。

（原载《作家》2019年第9期）

03

我家的猫和老鼠

◎毕飞宇

　　我有两个姐姐，大姐长我 6 岁，二姐只比我大一岁半。我们是在无休无止的吵闹和绵延不断的争斗中长大成人的。我们姐弟三个就像鼎立的三国，在交战的同时不停地结盟、宣战，宣战、结盟。真是天下大势，分久必合，合久必分。当然了，我们的"分合"都是以小时作为时间单位的。上午我刚刚和我的二姐同仇敌忾，一起讨伐我的大姐，而午饭过后，一切都好好的，我的二姐却突然和大姐结成了统一战线，一起向她们的弟弟宣战了。

总体说来，她们联合起来对付我的时候要多一些，因为父母多少有些偏心，对我格外好一些。这个我是知道的，在事态扩大、弄到父母那里"评理"的时候，父母虽说各打五十大板，但板子里头就有了轻与重的分别。比方说，在严厉地批评了我们之后，我的母亲总要教导我的两个姐姐："他比你们小哎，让着一点哎。"对我就不一样了，母亲说："下次不许这样了。"口气虽然凶，但说的是"下次"，"这一次"呢，当然就算了，事情到此结束。这在我是非常合算的买卖，因为"下次"是无穷无尽的。假如我的两个姐姐联起手来和我作对，在多数情况下，她们差不多就是那个叫"汤姆"的猫，而我则是老鼠"杰瑞"。我们家几乎每天都有美国卡通《猫和老鼠》式的故事，小姐俩气势汹汹的，占尽了优势，恨不得一脚就把她们的弟弟踢到太平洋里去，然而，到后来吃尽苦头的始终是她们。

　　我们为什么吵呢？为什么斗呢？不为什么。倘若一定要找一个符合逻辑的理由，那只能是为吵而吵、为斗而斗。举一个例子吧，比方说，现在正在吃饭，我和我的二姐坐在一条凳子上，不声不响地扒饭，这样的饭吃起来就有点无趣，为了打破这种沉闷的局面，在二姐伸筷子去夹咸菜的时候，我会用我的筷子把她的筷子夹住，二姐不动声色，突然抽出筷子又夹我的。噼噼啪啪的战争就这样开始了。母亲突然干咳一声，一切又安静了。所争夺的咸菜到底被谁夹走，并不重要，重要的是母亲的那一声干咳究竟落在哪一个节拍上，这全靠你的运气，有点像击鼓传花。如果咸菜归我，即使我并不想吃，我也会像叼着了天鹅肉，嚼得吧唧吧唧的，二姐的脸上就会有一脸的失败。反过来，二姐要是赢了，她会把咸菜含在嘴里，悄无声息地望着屋梁，那是胜利的眼神，赢了的眼神，内中的自鸣得意是不必说的。

我们姐弟三个现在都已人到中年。我长年在外，节日里偶尔团聚，我们谈得最多的恰恰是少年时期的"战争往事"，谈起来就笑声不断。这一点是我们始料不及的。有一次我把话题转了，说起了姐姐们对我的好处来：我 6 岁的那一年得了肾炎，不能走动，每天都由我的父亲背到五六里外的彭家庄去，注射青霉素和庆大霉素。有一次是我的大姐背我去的，那时候她其实也只是一个 12 岁的孩子，又瘦又小。她在那个晴朗的冬日背着我，步行了十多里地。快到家的时候大姐终于支持不住了，腿一软，姐弟两个顺着大堤的陡坡一直滚到了河边。我并没有摔着，反而开心极了，大姐满头满脸都是汗，她惊慌地拉起我，第一句话就是：

"不能告诉爸妈。"这件事都过去三十年了，可它时不时会窜到我的脑子里来。出乎我意料的是，随着年纪的增长，我回忆起来一次就感动一次。12 岁的大姐，冬天里一头的汗，惊恐的眼神——我不知道我为什么在人到中年之后反而为这件事伤恸不已。那一回过年我说起了这件事，我并没有说完，大姐的眼眶突然红了，说："多少年了，怎么说起这个，你怎么还记得这个呢？"大姐显然也记得的，不然她不会那样。她把话题重又拉回到吵闹的事情上去了。

这样的吵闹本身就设置了一个温暖的前提：我们能够，我们可以。我们幼小的内心世界也许就是在一次又一次的"打斗"中拓宽开来、丰富起来的。时过境迁之后，我们意外地发现，兄弟姐妹之间的许多东西也许并不能构成我们的日常生活，它反而是隐匿的，疏于表达的。然而，它却格外地切肤，有一种打断骨头连着筋的牵扯。美国人通过《猫和老鼠》的卡通形象向全世界的少儿表达了这样一种典范人生：打吧，吵吧，闹吧，可你们永远是兄弟，永远是姐妹——你们永远不能生活在一起，但你们谁也不能离开谁。

我的儿子最喜欢我的侄女，他们在一起玩的时候几乎就是猫和老鼠，不是追逐，就是打闹。可是，他们毕竟天各一方。在他的姐姐和他说再见的时候，他漆黑的瞳孔是多么孤独，多么忧伤。我多么希望能做我儿子的好兄弟，和他争抢一块饼干、一个角落或一支蜡笔。但我的儿子显得相当勉强，因为他的爸爸后背上都起鸡皮疙瘩了，就是学不像一个孩子。

（原载《读者》2016 年第 11 期）

04

小白传

◎崔曼莉

你说猫的命运靠什么？

小区里有一只灰白间色的长毛猫，扁圆脸，灰绿色的大眼睛，尾巴蓬得像只狐狸。他受了一点惊吓后逃窜几米，停步转身侧脸遥望的表情，神似电影《乱世佳人》的女主角郝斯佳。

他被原来的主人用一根铁丝勒住脖子，不勒到死也无法吃饭，勉强可以喝水。他饿瘦一点，原主人就把铁丝拧紧一点。也不知他饿了多久，解救到小区流浪猫求助站时，一层薄皮粘着一副骨头架。猫义工们流泪了。他们用尖嘴钳钳断了铁丝，就着取铁丝的经历，取名"拿铁"。

拿铁不肯再靠近人类，无法收养了，好在小区花园里定点放着猫粮与水，他活了下来，一天比一天长得美丽。冬天下雪时，他团缩在花园当中的大树下，树上已无枝叶遮挡。其他猫都下了地下车库，可车库有人走动，更别说单元门门口或谁家院落。他在雪中一动不动，微微闭起绿朦朦的眼睛。

拿铁的眼睛妩媚；大黑一身纯黑，眼睛发碧，阴森森的；球球一身雪白，眼珠是黄的；三花叫小麦，眼睛也有点黄。小麦和我很亲近，可惜我对猫毛过敏，他几次表现出想跟我回家，都被我走脱了。

流浪猫来的来走的走。三年前的春天，正是海棠花艳时。小区里栽的都是西府海棠，大树成林花枝如云，走于粉红潋滟之中，虽北方春寒仍胜，不由心神荡漾。我走着走着，忽然见一片青翠竹下，站着一只半大的雪白猫儿，抬着头正嗅尖尖的竹叶，竹枝错落着从一小块湖石间穿过。

我走过去，问："你闻什么？"

他转过头，湛蓝蓝清澈的一双眼，喵了一声。

我同他厮混一会儿，便走开了去物业办事，物业离得不远，正交着费，就听见有人叫："谁家的猫儿啊，这么好看。"

只见那只白猫文文静静地踱到我的身边，坐了下来。

众人轰动，问我这猫儿怎么驯的。我解释说不是我的，也没有人听，齐齐地围着他，说从来没有见过这么好看的蓝眼睛，像希腊的爱琴海，像家里孩子玩的玻璃球。

我只得抱着他出门，走到流浪猫的喂食点。他不肯吃，大黑见了过来闻他，他躲到灌木丛下，我伸手一摸，浑身都在发抖。

"我家住在小区最南边，这里是最北边，"我同他商量，"我对猫毛有点过敏，如果你能跟我走回去，就证明我们有缘，我就收留你。"

他紧闭双眼，不动。

我转身走，他还是不动，我便决心走了。走不多远，便看见迎面来的人都在看我，一转头，他静悄悄地跟在后面。这个小区很大，岔路弯道众多，忽儿穿花丛，忽儿上下坡。有些转弯道是九十度，根本看不见对面来的人。

一人一猫，溜达着走。我在路上，他过草丛、穿灌木，跳过小石头。

忽然一只没有人牵的金毛大狗冲到面前，先扑到我怀里浪了几秒，转头和惊呆了的白猫对视一眼，猫扭头便窜，狗撒着欢地追出去，我还未及喊出声，猫与狗都不见了。

我站了一会儿，狗主人是个老太太，气喘吁吁地赶到了，问我可曾见到一只金毛，我说追猫去了，她嘀嘀咕咕地抱怨着追去了。追了几步，她回过头，说谢谢。

小区刚建好的时候，路上遇到的都是年轻人，还有一些外国人。八年过去了，年轻人的父母们住了进来，有的帮忙带孩子，有的是来养老，什么地方的口音都有。老了老了，随着孩子做了老北漂，虽说生活条件不差，总是有那么一点儿无可奈何。孩子老人多了，猫狗们也多了起来。

金毛在阳光下跑了回来，又跑向别处。猫不见踪影。

我又站了一会儿，想来缘分无常，聚散不由人，便往家回。

走过前方岔路口，转了个弯，只听灌木丛哗啦啦一阵响，白猫箭一般射到了前方，在路中间停下来，扭头等我。

我笑了，接着走，他不再走路边土地，紧紧地跟在我的脚边。

我家楼下是个迷你小广场，放着滑梯、跷跷板，专供父母们遛小朋友。一岁多的娃娃们，最爱重复性游戏，在大人的帮助下爬上滑梯又滑下来，玩多久根据的是体力，不是时间。

小广场是回家的必经之路。天气晴好，遛孩子的恐怕不少。果然，还没有到，就听见了小朋友们的尖叫声和欢笑声。

我低头看了一眼猫，他颠了两步，跟得更紧了。

小朋友更大声地尖叫："喵——！"

家长们纷纷搂住自己的孩子，怕猫伤着他们，也怕他们伤着猫。

我和猫从让开的一条通道中走过，一个家长说："看，阿姨遛猫呢。"

小朋友们惊叹起来，有的咯咯笑，有的站在滑梯上叫："猫！猫！"

我一边走一边朝两旁点头示意感谢："这不是我的猫，这是跟我走回来的猫。"

猫低着头，小步加急，跟着我一直走到单元门门前。我打开门，他一下子蹿了进去，走到电梯口停下坐好。我摁下电梯，他抬着头，看着电梯门，门一开便走进去坐下，蓝莹莹的眼睛望着我。

我上了电梯，电梯门再开时，他犹像了一下，贴着我的脚边溜出来，等着我先走。我打开家门，进门换鞋，一道白影闪过，等我换好拖鞋找了一圈，发现他倒在沙发底下已经睡着了。

　　这一睡便是三天，偶尔吃点东西、喝水，上厕所不用教，用新买的猫砂解决了，猫抓板也不用教，只在那块板上磨爪子。

　　他这么乖，又这么好看，很有教养的样子，前主人怎么舍得把他扔了呢？动物被抛弃的理由各式各样：换房子、换城市工作、换男女朋友，谈恋爱、生孩子，太麻烦了、没兴趣了，还有动物生病了。

　　我带他去看医生，医生说他一切健康，还不满一岁，睡了三天是因为太累了。

　　医生不停地赞他的眼睛好看，我问医生，他是什么品种，医生说中华田园猫。

　　"可他这么好看呢。"我说。

　　"田园猫不好看吗？"医生反问我。

　　我天生散漫，喜欢诸事随缘，后来看很多人努力上进，渐渐都到了自己的前面，便反思自己是不是太懒，又把这种懒用文化巧妙包装。骗别人更骗自己。

原计划着，等过敏彻底调好了，便养一只小猫。这次不能随缘，要精心挑选，我是喜欢豹子的，豹子养不了，可以养一只豹猫。不过豹猫活泼，养一只性格温和的折耳也不错。要是论颜值，布偶最美。有时还去宠物店看一看，鼓励自己好好吃中药。

　　然而一场巧遇，改变了这许多日的思量。意志薄弱便是懒之源头，见到了白猫，就忘记了豹猫、折耳、布偶——或者，我从心里并不觉得他们有什么不同，想养一只品种猫是受社会风气的影响，不肯落了人后。

　　算了算日子，白猫来我家那一天刚好是18号，十八要发，起名小发。

　　小发这个名字颇有乡土气息，受到了钟点工阿姨的热烈欢迎。阿姨说，这个小区人家里的猫狗有的叫戴维，有的叫斯蒂芬妮，她的舌头都绕不过来。小发好，好听好记。

　　小发和来福、狗蛋是一褂的吧。

　　若依他一双蓝眼睛，应该取名蓝蓝，或小海；若依他的行为举止，应该取名公子，或者小王子。

　　他坐，必定要坐起来，身体呈现优美的姿势，尾巴尖都要一丝不苟地搭在并好的一对前爪上；睡，一定要团成一个雪球，假寐时下巴要稳稳地放在前腿上。走路不紧不慢，跳上了桌子后，绕着所有的东西走。

画案上的小墨条、小玉龙，茶桌上的小杯子、小茶勺，他落脚时轻轻的，生怕碰着磕着。若是有插鲜花，他就坐在花下，安安静静地闻一闻花瓣，然后像个带毛的塑像，一动不动，与折枝花相映成景。

家里养了一只猫，像什么都没有养，只是多了一幅流动的图画。

朋友们来了雅集，写字的、画画的，铺呈了一地，他从纸的缝中走过去，踩着猫步。

众人皆惊，问我这猫怎么驯的，我说不知道，可能前面的主人驯得好。他是一只流浪猫。便有人讨猫，说一直想养猫，怕猫咬书撕纸，打翻了碗儿碟子。我自是不舍得给，他是个伴儿，又伴得如此无是无非，人生何求呢。

我给他起了一个乡土的名字，他终究依着本性活着，从不肯大口吃饭，一颗猫粮细细嚼成数瓣，慢慢地咽下去，再好吃的罐头，也是分成十几顿才能吃完。如此节制有度，披着一身略长的白毛，小发渐渐长成一只大骨架的公猫，身材不胖不瘦，行动不快不慢，像个先生。

有时我看着他，看着看着就落泪了。我希望他开心一点儿，不要那么克制；我希望他活泼一点儿，不要像我一样虽与书海笔墨为伴，却总觉得些许冷清。

人心动念，便是缘起。

小区的猫义工们有一个微信群，我在群里，只是很少打开来。

有一个女朋友说，和她心爱的一个男人在微信群里谈恋爱。我不明白，谈恋爱为何不私下行动，而是在群里聊天。后来听说那个男人与另外的女人生了一个孩子，但她坚持认为，那个男人真爱的是她。

人心孤独，生出许多世界。真或假、幻与灭，人饥饿时很苦，不饥饿时也很苦。

我便也因着自己的孤独，去理解小发的行为，点开了猫义工的微信群。

一只白茸茸的小奶猫，在视频里抱着一条比他长出一截的布鱼，撕、咬、翻、滚。镜头停下的一瞬间，他抬起头，一只眼蓝、一只眼黄，两只黑眼珠紧贴在鼻梁两边，对眼对得滑稽。

我扑哧一声笑了。群里说小白救活了，正找家庭寄养，小白活泼，会带来欢乐。

去接小白的那一天，是五一节。开车开到离小区很远的一个宠物医院，那儿的医生兽医感极强，收费便宜，是小区流浪猫组织的定点医院。

小白得的是猫鼻支，医生叮嘱我几句，大意是坚持上药，以防复发。群里的人们吩咐我看好小发，也许小发会欢迎小白，也许会讨厌小白，小白毕竟还没有巴掌大，经不得小发一爪子。

我把他放在腿上，他抱着布鱼一路撒欢儿，全然不顾我是个陌生人。

我把他放在手上，他站在手心里，眺望车窗外川流不息的人群。

我把他放在客厅的地上，他和小发对视着，突然，他直接冲上去，追着小发暴打。

论体积，他还没有小发的头大；论胆量，他真的是个霸王。

他并不与我交流，也无惧于生活环境的变迁，只是发现猫粮是放在厨房内的，于是坚守在厨房，只要有人路过，就张开嘴，三瓣唇一张一合，没有一丝声音，又仿佛在无声地呐喊："给我吃的！"

由于极度饥饿过，他永远也吃不饱，头埋在猫粮盆里狼吞虎咽，不知咀嚼是什么动作，只是大口吞食，一直吃到呕吐，立即又把自己吐出的粮食再吞回肚里。

看过他吃饭的人只有两个字评论：恶心！

吃到吐也就算了，他还要吃到拉肚子，把猫砂盆弄得一塌糊涂。小发惊恐地流下清鼻涕，看着我。

我只好给兽医打电话，兽医说猫都是这样吃饭的呀，我拿小发举例，他沉默片刻，说："那是个天生的贵族吧。"

若说写作教会了我什么，就是背着石头生活。

一部长篇数十万字，写了改、改了写，略微满意了往下推进。几年过去了，文学杂志没有发表作品，新小说尚未问世，便有朋友问你："你还写作吗？"

有些朋友会绕一个圈子："你这样生活挺好啊，养养猫写写字，最近画也不错呢。"

负在心里的沉重，只有自己知道，也只能自己解决。

唯有每天面对，每天随着流水一样的时间生活，日积月累，终有完成的时候。

缓缓的、长期的、不动声色的压力，只有把它当成日常，当成每天要喝的一杯水、每天早晨要看到的日出，每天出门遇到的一个邻居，才会不累、不损乐趣。

小白的暴虐与贪食若被我退养，很难找到下家。而且我很欣赏他的倔犟，带着一股野蛮的生机。我本想在小发身上找到这样的生机，后来发现，他和我一样，是书斋里的动物。文明改变了基因、转变了性格、减少了欢乐。

家里坚壁清野。

除了几碗清水，所有的猫食全部收起。小发饿了，就来找我，甚至会用眼神示意我一下，然后躲进洗手间。我把小白关在门外，小发吃完后收好粮食一开门，小发立即逃窜出去，小白立即扑了进来，对着空气与地砖疯狂搜索。

为了让小白养成少食多餐的好习惯，一天喂十几次，每次十几颗粮食，每颗粮食间隔几十厘米。小白的鼻尖紧贴地面，像穿山甲寻找蚂蚁，恨不能把地钻出洞来。

找着了，看不清嘴怎么张开的，已吞了进去。

地毯式搜索的吃饭法，小白吃了三个多月。

小发惊魂不定。小白首次进门便追打他，要分个高低，这是动物本性，如果机缘好，有可能建立类似父子或兄弟的感情。可惜，因为吃饭，小白认定了小发是个竞争对手，且一直迫使他受到了不公平待遇。

夏虫不可语冰，不理会也就完了。我无法向小白说清楚，小发更无法解释。可是，小白这只"夏虫"是不能不理会的，他天天追打小发。

虽然小发的体格与力量远胜小白，但小发拥有理性，不肯欺负弱小，更不肯与无知者理论。而没有理性的无知者，显示出了无比的优势。他殴打小发时毫不留情，小发身上经常有粉红色的血痕。然而小白并不满足，因为小发跑起来比他快，跳到一些高处他也追不上去。

于是有一天，小发去上厕所，规规矩矩地蹲在猫砂盆里拉臭。我正梳头发，一边梳一边捂鼻子。

小白默默地走进了洗手间。

他缓缓地朝小发走去，我不明所以，小发正在用力，一动也不能动。

小白抬起身体，两只前爪抱住了小发，嘴慢慢埋在小发挺起的胸腔。

我停止了动作，不明白他要干什么。小发睁大了眼睛。

突然，小发惨叫起来，小白的牙用力咬着。

我一脚踹过去，小白松牙落爪一溜烟地逃跑，动作一气呵成。我提着梳子追他，他没有地方躲，躲进了他来时我买的一个圆形猫窝，团缩着，耳朵贴着头，那意思：你打吧。

我训斥他："当你是个没心没肺的怪物，原来这么有心计！乘小发上厕所的时候偷袭，你有没有良心啊？你看看你，长到现在还没有小发一半大。他要是真欺负你，你早就被打死了！"

他的耳朵紧紧贴着头，身体像皮一样贴紧窝底。看似怂了，其实不过是犯错后的一个表演。他知道我不会真打他，只要认错态度好，便能迅速过关。

小白喜欢我带他去楼下散步。

我抱着他，举着他。他东张西望，嗅着树叶尖、花瓣朵，遇到遛狗的，便张开三瓣嘴，龇着獠牙，恐吓那些狗们。

有的狗觉得有趣，有的狗真被吓着了，呜咽着朝后退。

一个邻居告诉我，小白是小区野猫生的，他得了严重的猫鼻支，那种病传染性高，一旦小猫得病，大猫就会把他扔出来。

小白被发现的时候，可能只有一个月大。他眼睛、鼻孔、耳孔糊满了分泌物，听不见看不见闻不见，不能挪动，饥饿到脱水。

发现他的是邻居女儿，她刚刚三岁，心疼到不行，每天去看他一次，一直到第四天才想起来要告诉妈妈。

所有人都以为小白活不了了，死马当活马医地送到了兽医院。

兽医院每年收治得这个病的小猫数十只，活下来的寥寥。小白病得最重，影响了听力、视力，也可能包括一点儿智力。

邻居把小白刚被发现时的照片发了一张给我，她说，小白活下来真好啊。

我看着照片里的小白，瘦瘦小小地团着，每一根毛都炸开来，露着快死的颓相。满脸像糊了一层水泥，而且已经干了。

此后，我看他用力地在地上拱鼻子、用力地吞一颗颗小猫粮，想方设法地追打小发时，都有一种莫名的感动。

他这样努力地活着，无所畏惧。

小麦消失了一段时间，复又出现了。春去秋来，过冬是流浪猫们的大事。

北京最冷的时候，白天气温也在零下。这就意味着，流浪猫失去了水源。猫可以忍饥，却不能离开水。猫义工们呼吁爱心人士散步的时候，带一个暖水瓶，给流浪猫的水盆里加开水。

有些猫躲到了地下车库，胆大的，甚至睡在刚刚熄火的车上，用发动机留下的余温取暖。

猫义工们在车库里放的水和粮食经常被一些业主扔进垃圾堆，还有业主向物业投诉，弄脏了车，还有，太不安全。

小麦一直想找一个家，经常跟着人走。前段时间，一个姑娘把他带了回去，她很喜欢小麦，家里还有三只猫。姑娘工作很忙，买了自动喂食机喂猫，上班有空了用手机连线家里的视频看看猫们过得好不好。

看着看着，问题来了。家里另外三只猫霸占着自动喂食机，姑娘不在家，小麦几乎不敢进放粮食的小房间。

没有办法，她把小麦放了出来。天气越来越冷，却仍然没有人收养小麦。但好在小麦年轻，身强力壮。大家比较担心球球。球球也是解救回来的猫，来小区时已经好几岁了，在小区又生活了八年。他越来越老，前两年得了口炎，满嘴的牙都掉了。

一只猫老了，和人一样，有很多很多问题。有可能要吃老猫的营养餐，有可能得各种各样的疾病。

兽医院经常收救因为老了而被主人遗弃的动物。救不过来的，在街上流浪不了多久，或饿死或病死，或送到收容所安乐死。

大家捐了点钱，把球球送到了动物寄养所，过完冬天再接回来。

因为拿铁只肯在野外待着，本想让他也去，可惜抓不到他，只能算了。

第一片雪花落下来的时候，我把小白抱到了窗前。

他出神地看着雪花在空中飞过，像一只又一只的虫子。

看了一会儿，估觉没趣。他复又回到客厅，玩他的玩具。

小白已经和小发差不多一般大小，因为能吃，他比小发重了许多，头小屁股尖，独中间一个圆鼓鼓的肚子，若俯视小白，就像一枚大白枣。

他已经对吃失去了兴趣，上升到了美食。

为了让他少打小发，卫生间与厨房都放着大盘猫粮，随便吃饭，水源更多，几乎每个房间都有。小白经常去闻闻粮食，想想又放弃了。他明白了厨房有个小柜子是放猫们的物品，那里面有饼干、妙鲜包、磨牙肉干等比猫粮更好吃的东西。

他开始明白这里是他的家，我是他的家人。虽然他不会像小发一样趴在我的身上，但他会趴在离我一步远的地上。

我出门归家，只要打开门，他一路小跑着哼叽着发出奇怪的声音，颠着肚子赶到门口。在迎接我的问题上，小发永远也没有他快。他像一条狗，会倒在门口地上，肚皮朝上，若我摸他，他就激动地打滚。

即使美食是最大的诱惑，他也不再把守在厨房门口当成唯一的事情。

他想办法和我沟通，希望我喂他好吃的，希望我抚摸他的肚子。

他只要玩到心爱的玩具，就可以一直玩下去。小发的玩具只论新鲜，今天是个纸团，明天是个线团，后天是条绳子，大后天是个发圈——

小白还在地毯式搜索吃饭的时候，我给了一个螺旋式的小盘发夹，他每天玩几个小时，玩累了就睡，睡醒了再玩，玩丢到冰箱底下掏不出来，他就向人求助。那本是个黑色的夹子，如今已经磨成了古铜色，闪着亚光。

打扫卫生的阿姨来一次问他一次："你怎么玩不够啊？"

母亲来北京过夏天，过完回南京，冬天再来，吃了一惊："他还在玩这个啊？！"

小白虽然无赖，却对心爱执着，如同他执着地活着。

他心爱这个家，再也不肯出门。我把家门大开，他站在门内，决不越过一爪。若我强行抓他下楼，他就一路哀嚎，开始还有点像猫叫，听着听着就像狼崽子一样。

我唯有叹息。若他是个孩子，我把天生的草莽英雄活活养成了傻白不甜的二代。

小发爱雪，如同他爱花。

下雪时，小发可以坐在窗前几个小时不动，就像我插了鲜花，他坐在花下一样。

他走路时还是躲避小白，经常躲在卧室不肯去大厅玩耍。我一直以为他厌恶小白，也惧怕小白。有一次小白打碎了茶碗，且不知是打碎的我的第几只茶碗。我想着必要狠狠教训一次，他躲到了窝里又被我揪出来，拖到茶桌下训斥。

我一边训一边用碎瓷片敲他的脑袋，声音大得吓人，其实手下留情。突然，小发冲过来叫了一声，我愣了一下，他又叫了一声。我松开手，小白一溜烟地跑了，小发跟了两步，转过头来挡在路中间，似乎防着我再动手。

我问小发："他见天地祸害东西我还不能管了？"

小发不言语。小白又拿我新买的布椅子磨爪子。每每发现，我必先怒喝，他听见声音才能先住爪。每次我一喝，小发冲上去便打，经常打得小白一路躲到床底下。

我不懂他俩的感情。至少我从未见过小白维护小发，他始终担心小发多吃了什么美味。但小发对他，到底是喜欢呢，还是不喜欢呢？

还是无所谓喜欢与不喜欢，都是住在同一屋檐下的动物。他从小白来就甘心挨打，或许他不是懦弱，而是在内心深处，认为自己是大哥，是唯一可以帮助我和帮助小白的大猫吧。

春节去花市，买了盆日本海棠，花开西洋红色，艳艳的像折纸。

小发每天都跳到花架上，花枝不高，交错遒劲。小发不得不缩在花枝下。天气一天比一天暖，白天快近十摄氏度，小区里的流浪猫们不再发愁水源、取暖。

猫义工们说，球球快回来了。他们又说，球球年纪这么大了，不应该叫球球，应该叫球爷。

这一天中午，有人在爱猫微信群里发照片，一只大黑猫倒在小区中间唯一一条通车的路边，说，这只猫死了。

有人认出来是大黑。大黑不太和人们交往，经常睡在车库玻璃棚顶上晒太阳。他一身茸茸的黑毛，漆黑发亮，眼睛绿油油的，非常严肃。

大黑侧着脸，四肢僵硬地伸着，壮壮实实。

猫义工们赶紧去了，下午发了图片，是一只土黄色的旧布袋，布袋旁边的地上挖了一个洞。他们说，布袋里装的是大黑，他喜欢在这一带晒太阳，就在这一带的地上挖了一个坑，希望他和这里的土地融为一体。

他应该是早上从车库棚上下来，过马路去流浪猫喂食点吃饭，被出车库的车撞到了。不知是他自己走到路边，还是人把他提过去的，地上并没有血，他在路边死了很久，才被一个愿意看见他的人看见了，通知了猫义工们。

没有人担心大黑能不能熬过今年冬天，他也确实熬过了，只是春天来的时候，他就这样走了。

这个消息有一点沉重。埋了大黑不久，群里又有人发照片，小麦躺在阳台上，阳台外是他经常流浪的小区一角。

发照片的业主说，她的儿子很喜欢小麦，经常站在阳台上看小麦。她一直下不了决心收养一只猫，也觉得小区里有水有粮食，小麦可以活下去。

今天她看见大黑的照片，心里很难受，就下楼把小麦带回了家。

又过几天，她在群里发了一组小麦的照片。说小麦有了家之后分外珍惜，睡只睡阳台的小窝里，上厕所扒砂子一颗都不扒到外面，对家里每一个人都温柔极了。她的丈夫也喜欢上了小麦，小麦正式成为她家的一分子。

大家欢欣起来，纷纷祝贺她和小麦。

猫义工们又发球爷的照片，说周末就回来了。

猫的命运是靠什么呢？在文章开篇写下这个问题时，我是有答案的：靠运气。可写着写着，我觉得小发为跟我回家努力过，小白为了活下去努力过。小麦、球球、拿铁，死了的大黑，每一只猫都曾经深深地为命运努力过。

我不是猫，我不能说他们仅仅凭运气，虽然运气很重要。

我只是希望猫和天下寒士一样，都能食有鱼居有竹，至少无有饥寒。我也知道人生需有理想，而现实是负重过河，在光阴中慢慢成长，直到承受。

（原载《天涯》2019 年第 4 期）

05

鳇鱼圈

◎李青松

鳇鱼鳇鱼——在哪里？

曰归曰归，岁亦莫止。

——题记

无数个世纪落叶一般飘逝了，然而，一切事情仿佛都发生在今天。

望着江面上的薄雾，隐隐地，我仍存着一丝希望，鳇鱼应该没有灭绝吧？虽然，江里几乎见不到它的身影了。虽然，关于它的话题，渐渐生疏了。

准确地讲，与其说对鳇鱼存着一丝希望，倒不如说，我对人类自身还没有绝望。尽头，往往就是开头呀！

鳇鱼，食肉性鱼类，体大力强。一般体重二三百公斤，四五百公斤亦有之，大者可达一千公斤以上。存活于黑龙江、乌苏里江和松花江水域。是淡水鱼中最大的鱼，被称作"鱼王"。

鳇鱼前面加一个鲟字，鳇鱼就成了鲟鳇鱼了。鲟鳇鱼跟鳇鱼是什么关系？这是一个有意思的问题。其实，鲟鱼是鲟鱼，鳇鱼是鳇鱼，但由于二者体形体态几乎一样，外行人很难把它们区别开来，故，干脆把它们统称鲟鳇鱼了。

然而，差别还是有的：其一，颜色不同。鲟鱼一般为青灰色，鳇鱼一般是浅黄色。其二，鳃膜不同。鲟鱼左右鳃膜不相连，鳇鱼左右鳃膜几乎连在一起。其三，流线不同。鲟鱼体面上的流线是虚实相间的，鳇鱼体面上的流线是实线。其四，体量不同。鲟鱼一般不会超过一百五十公斤，鳇鱼超过一百五十公斤很寻常。长丈余，甚至更长。我看到一张老照片：一条鳇鱼横卧在数个油桶上，俄人站成一排，与这条鳇鱼合影留念。

有意思的是，俄人站成一排的长度恰好是鳇鱼的长度。站成一排的俄人是多少人呢？我数了数，二十三人。

鳇鱼一生都在长个子，从理论上来说，它可以无限长下去——长长长。鳇鱼的性成熟比较晚些，一般要到十六岁才懵懵懂懂地知道，需要寻找爱情了。它的年龄五六十岁常见，七八十岁并不稀罕，甚至可以达到百岁。

一种事物，一旦与政治联系起来，就不再是简单的事物了。

早年间，鳇鱼是贡品。清朝时，朝廷设有专门的"鳇鱼贡"制度，有专门的衙门和官员负责此事。规格和级别也是相当高的。由于锡伯族人擅长捕鱼，朝廷便下诏选调驻守京师八旗兵中的一些锡伯族人担当鳇鱼差，直接由清宫内务府管理，网具和鳇鱼差所需物资，均由内务府专供。

奉捕鳇鱼差的官网，在江上是分段的，每个官网都有一定的水域。衙门按段为官网编号，如松花江上的"拉林十网""舒兰四网""扶余七网"，等等。

春季开江时，捕鳇鱼又叫"打春水"。下江之前，要举行祭祀仪式，面对江湾深水处，摆上鸡鸭、饽饽、白酒之类的供品，烧上一炷香，由网达（网长）主持祈祷。仪式后，鳇鱼差和网户们把供品吃掉，继而才能下江捕鱼。

在黑龙江、松花江和乌苏里江的江边，至今尚存一些鳇鱼圈的遗迹。圈，不是朋友圈的圈，不是圆圈的圈，不是圈地的圈，不是圈阅的圈。圈，是羊圈的圈，牛圈的圈，马圈的圈，圈肥的圈，圈养的圈。所谓鳇鱼圈，就是当年江上的网户，为临时饲养候贡鳇鱼而专设的水圈。说得直白一点儿，其实就是大水坑。东北话，叫大水泡子。只不过，那大水泡子有护网有围栏有房舍有船坞。鳇鱼圈与大江相通，为防鳇鱼逃之有栅栏门隔之。

松花江与嫩江交汇处的鳇鱼圈最为稠密了，光是肇源县境内的鳇鱼圈沿江至少就有六处。西北呼来、古恰屯、二站、薄合台、木头西北屯、三站等处都有鳇鱼圈遗迹。2018 年 9 月间，我专程到肇源寻访了那些鳇鱼圈。遗憾的是，所看到的"圈"，几乎都是荒凉的芦苇塘了。寂寥，冷清。

当地民俗学家程加昌介绍说，史料中有确切的文字记载——肇源县江段捕获的最后一条鳇鱼，应该是在伪满洲国时期（1941年夏天）。茂兴马克图渔人，在嫩江下游三岔河江面捕获的。那时的肇源在行政建制上，还不叫肇源县，而叫郭尔罗斯后旗，伪旗长叫达瓦，是蒙古族。

渔人捕到的鳇鱼有两百多公斤。鱼鳞极细，若有若无，相当于无。遍体青色，略呈黄色。脊背上有三道鳍条，鼻长20厘米，形似圆锥，粗可盈握。鱼嘴生于下颈前，眼小。

伪旗长达瓦闻讯后说，此为贡品（实际上，光绪年间"鳇鱼贡"制度就已经废弛，达瓦竟浑然不知），应充公。便差人准备给当时在新京（长春）执政的伪满洲国皇帝溥仪送去。结果，送鳇鱼的车辆刚要启程，却又被达瓦叫停了。因为达瓦忽然想到一个问题：鳇鱼送到新京，腐败溃烂了怎么办呢？达瓦一时也没了主意。鳇鱼在伪旗政府的院子里放了三天，头两天嘴巴还咕嘎咕嘎地动，第三天就很少动了，眼珠子也渐渐涩了。达瓦决定，既然溥仪没有这个口福，干脆自己替溥仪吃了吧。于是，酱炖鳇鱼，喝"高粱白"小烧。一连几天，天天如是。最后，那条鳇鱼全进了达瓦及日本参事官三浦直弥的肚子里，连一根骨头都没剩下。

今朝有酒今朝醉，管它今夕是何夕。达瓦打着饱嗝，吐着酒气，心满意足。

1945年8月，苏联红军进攻东北，日本关东军溃败，日伪政府倒台，东北光复。达瓦摇身一变，成了维持会会长。然而，达瓦毕竟心虚，后潜逃蒙古，销声匿迹。

站在肇源县两江交汇处的三岔河湿地观测瞭望台上，我望着泛着亮光的江水，不禁感慨万端了。

东北有很多地名叫鳇鱼圈，其实，都跟一个人有关。

1866 年，一个叫王尚德的鳇鱼差向衙门报告："窃因网户自道光二年间江水涨发，冬网碍难捕打。当经报明衙门，饬令于罗金、报马、哈尔滨等处设立鳇鱼圈，修造渔船，着夏秋捕鱼上圈，备输贡鲜。"

鳇鱼衙门还算开明，采纳了王尚德的建议，很快在松花江哈尔滨段设置了鳇鱼圈（今老江桥附近）。接着，在吉林、农安、德惠、榆树、舒兰、扶余等江段也设置了鳇鱼圈。肇源的西北呼来、古恰屯、木头西北等鳇鱼圈，还有扶余县的双屯子、达户、罗斯和溪良河等鳇鱼圈，也是在那时设置或开辟的。

"鳇鱼贡"制度规定，民间不得私捕鳇鱼，也不得擅自食用。每捕到鳇鱼，衙门要造册登记，派专人送往"鳇鱼圈"饲养。等到冬季，江水结冰之后，再将冻挺的鳇鱼送往紫禁城。鳇鱼用黄色的锦缎包裹着，装在花轱辘马车上，有官员和卫兵押运。长路漫漫，要经过数个驿站，走一个多月的时间才能到达京城。

在紫禁城里，也不是人人都可享用鳇鱼的，除了皇帝及妃子之外，其他人断不可以。也就是说鳇鱼是"皇家特供"。鳇鱼，浑身都是软骨头，没有一根硬刺，头盖骨也是软的，呼囔呼囔。肉，特鲜。煎炒烹炸，想咋吃就咋吃，随便。有道是：吃了此鱼，天下无鱼。

光绪二十六年，"鳇鱼贡"制度废弛。这一年的八月十八日，沙俄军队以保护中东铁路为名，侵入雅克萨城。随之，墨儿根、瑷珲、齐齐哈尔等城市纷纷陷落，城中官员，包括负责"鳇鱼贡"事务的官员弃城逃走。

至此，"鳇鱼贡"不废也不可能了。

鳇鱼，性格孤僻，沉稳低调。一般在深水底部活动，很少抛头露面。

每年白露前后，是捕鳇鱼的最佳季节。此间，江面上的鱼蛾就渐渐多了，就渐渐集群了。那些鱼蛾，最多也就一两天的存活期。它们在江面上雪片般乱舞，铺天盖地，近乎疯狂地表演之后，便悄无声息地死去。

鱼蛾尸体布满江面，白花花一层，惨淡不堪。

鳇鱼就从深水中游出来，张开大嘴，吃江面上的鱼蛾。鳇鱼越冬的食物主要就是那些鱼蛾。鱼蛾蛋白质丰富，给鳇鱼提供了充分的营养。

当然，嗜吃鱼蛾的不光是鳇鱼。

林区刚开发初期，在黑龙江岸边的伐木人架起铁锅，这边添柴烧水，那边下网捕鱼。经常是这边未及水烧开，那边捕鱼的已经提着一串鱼回来了。

黑龙江里的鱼有"三花五罗"之称。"三花"曰：鳌花、鲂花、鲫花。"三花"是三种鱼的合称。"五罗"曰：哲罗、法罗、雅罗、同罗、胡罗。"五罗"是五种鱼的合称。黑龙江上游捕鱼点有二十多处，如，劈砬子、上马场、甩弯子、二道河子、三道河子、张湾大沟、套子，等等。这些水域水流平缓，浮游生物丰富，常常引来大量鱼类觅食。

捕鱼需要智慧。工具是人类能力的延伸，而工具本身就是人类的创造。因而，工具所能即是人类所能。

捕鱼的智慧体现在用什么捕鱼和怎样捕鱼。

挡鱼亮子是比较原始的工具，一般是在秋季，用它捕获洄游鱼。20世纪50年代，有人在额木尔河用挡鱼亮子捕鱼，不到二十天时间，捕鱼八万公斤。大个儿的哲罗鱼生猛，把挡鱼亮子撞碎，是常有的事情。

冬季呢，江面结冰了怎么捕鱼？用冰镩子凿冰眼，开冰窟窿，然后，往冰底下拉线挂网，照样可以捕鱼。挂网的原理是用网眼挂住鱼鳃或鱼身，达到捕鱼的目的。捕鳇鱼使用的挂网，一般是大小网眼不同的多层网，最多是三层网。

渔人的心，贪不贪，看网就知道。张网，也称"绝户网"，网具张开形同一个大口袋。越向网底，网眼越小，结尾处形成一个网兜，称作"袖子"。张网的主纲系于岸边的大树上，网底绑上石头，深入水底，专等经过的鱼入网。这种网之所以称为"绝户网"，是因为它不论大鱼小鱼，均可以捕获。

趟网是黑龙江上特有的捕鱼网具。趟网较长，长达二十多米，为多片连接而成。与挂网不同，趟网主纲上有一个活动的漂子，称为"网头"，以便顺水流向江心漂浮。人在岸上撑住网的这一头，顺江走上一二里路，鱼入网时，从水里传到手上的那种一动一动的感觉，令人的心也在兴奋地动。漂子一般是木头做的，也称"耙子"。"耙子"中间有一个活动轴，由一条线连接主纲，待需收网时，一扯那条线，"耙子"啪的一下变成一个平板，便可自如收网摘鱼了。

没有网具也能捕鱼。在黑龙江开库康段的一条渔船上，一位老渔人用手指了指自己的脑袋说："没有网，就用这个捕鱼。"老渔人说："干什么事情都一样，得用脑子。"老渔人名叫白浪，人送绰号"浪里鱼鹰"。老渔人在江上打了一辈子鱼，黝黑的脸上尽是疙疙瘩瘩的糙肉，如同历经岁月和江水浸泡过的疙疙瘩瘩的老船帮。老渔人深谙水性，也深谙鱼性。说话的声音瓮声瓮气。话，一句一句落在船板上，把渔船弄得左摇右晃。关于鳇鱼的话题里弥漫一股湿气，也弥漫一股野性的腥气。老渔人绘声绘色地讲述了他"用脑子"捕鱼的故事。

——鱼往往夜间喜欢到江汊子觅食。他就在木船的船帮上绑一根白桦木杆子，小船慢慢自上而下在江汊子中间漂游。绑白桦木杆子的一侧对着江边，江边觅食的鱼一听到响动就往回跑。看到水面有道白线，就以为是网具，就急急地想跳过去。啪啪啪！跳出水面，却恰好跳进了船舱里。鱼群有一种现象，就是头鱼跳，其他鱼拼死拼活也跟着跳。啪啪啪！啪啪啪！顷刻间，船舱里就跳满了鱼。

用不着撒网，用不着出力气，就能捕到鱼。老渔人说，此法叫"漂白杆子"捕鱼。我笑了，说，此乃"坐收渔利"也。

哈哈哈！老渔人也笑了。眼睛笑成一条线。

老渔人说，鳇鱼从来不"跳舱"，"漂白杆子"这招儿对鳇鱼不管用。但是，老渔人告诉我，早年间，在江里捕到鳇鱼也是常有的事。有一年冬天，他曾在冰窟里用缆钩捕到过一条个头甚大的鳇鱼。我问他，甚大是多大？他说，这么说吧，当时，用三张马爬犁连在一起拉一条鳇鱼，鳇鱼尾巴还在冰面上拖着呢。你说那鳇鱼有多大？

县志中，民间捕获鳇鱼的记载多有闪烁——

1949年5月，松花江呼兰河口，渔人合力捕获一条380公斤重的鳇鱼。1980年，黑龙江漠河一处水域，有渔人捕到一条长4米、年龄54岁、重达542公斤的鳇鱼。1986年，漠河县兴安乡有渔民发现一条鳇鱼误入浅水滩，便唤来二十多个渔民，将其捕获。几个人把那条鳇鱼抬起来，上磅秤一称，重达450公斤。

1989年，黑龙江闹春汛时，一条鳇鱼被冰块撞晕，随洪水涌入江湾，被渔人捕获。那家伙，个头也不小，370公斤。

某天，黑龙江上游的北极村里多了一个从江对岸潜水过来的"老毛子"。他起了个中国名字，李德禄。据说，在江那边醉酒后，一刀把睡自己老婆的一个"哥萨克"杀了。酒醒后，悔之晚矣。在警方缉拿他的头一天夜里，他一猛子扎进江里，在漆黑的夜色中游到对岸——北极村。北极村人善良，没有告官，相反却悄悄接纳了他。

李德禄，蓝眼睛，棕色的头发胡乱打着卷卷，嗜酒如命，是捕鳇鱼的高手。他捕鳇鱼从不用网具，徒手就能把鳇鱼从水底牵上来。

他往往先踩点，观察水情，找到鳇鱼潜伏水域，然后一猛子扎下去，慢慢靠近鳇鱼，给鳇鱼挠痒痒。在不经意时，给鳇鱼戴上笼头。鳇鱼乖顺得很，轻轻一牵，就很顺从地跟他走了。

20世纪70年代，一批上海知青在开库康插队，常去江上打鱼，曾打到过270公斤重的鳇鱼。当年的老知青回忆说："我们几个知青，很费力地用杠子从江边把鳇鱼抬回知青点。用铡刀，把鳇鱼切成若干段。送给附近老乡一些，知青点留一些。留下的鱼段切成片，炖着吃，那鳇鱼肉香得很呀！"

距开库康不远，往上的盘古河口，浮游生物密集，是一处"鳇鱼窝子"。那年月，粮食不够吃，就有一位深谙水性的知青在河口汊水水域下滚钩，每天都能捕到一条鳇鱼，个头都在二三百公斤呢。捕到的鳇鱼，除了改善知青点伙食外，其余都换了小麦了。一条鳇鱼换一麻袋小麦，解决了知青粮食不足的问题。据说，在那个"鳇鱼窝子"，那个知青总共捕到过十九条鳇鱼。

鳇鱼肚子里还能扒出许多鳇鱼子，黑亮黑亮的，像牛眼珠子似的。

鳇鱼子制成的"黑鱼子酱"，有"黑黄金"之称呢。

为了寻访鳇鱼，我来到漠河北极村。

北极镇北极村极昼街二号，一个唤作"极限农家院"的家庭旅馆，离黑龙江仅有200米。老板叫高威，高颧骨，高鼻梁，卷头发。高威是"八〇后"，戴一副金边眼镜，穿鳄鱼牌T恤，灰色牛仔裤。看他的脸形和眼窝及其神态，我判定他有俄人血统。一打问，果然，他姥姥是俄罗斯人。

"极限农家院"里有九间大瓦房，窗明几净。还有车库、水井、秋千架。院子里的一角是一片菜园，有豆角、黄瓜、南瓜、大头菜、西红柿等。时令菜蔬，一应俱全。

高威原是黑龙江上的渔民，跟随父亲打鱼。高威划船，父亲下网。父亲在江上捕鱼捕了一辈子，凭经验下网布钩，网网有收获，一般不会走空。在潜移默化中，高威跟父亲学到了打鱼的本领，也成了江上捕鱼的能手。

坐在江边的一根倒木上，我们聊了起来。高威是 1985 年 1 月出生的，属牛。父亲叫高洪山，辽宁台安人，闯关东来到北极村的。高威一家五口人，父母、他、媳妇和孩子。

"捕到过鳇鱼吗？"

"捕到过。那都是早些年的事情了。"

"有多大？"

"1998 年的夏季，曾用挂网捕到过一条鳇鱼——这是我仅有的一次捕获鳇鱼的经历。小船刚一靠岸，鳇鱼就被人买走了。一百元一公斤，一条鳇鱼卖了两千四百元。买鳇鱼的人连眼睛都不眨，把那条鳇鱼绑到摩托车后座上，一溜烟就没影了。"

"现在鱼价怎么样？"

"鱼价是越来越高。不要说鳇鱼，就是哲罗和鲤子的价格都要在一公斤两百元以上。"

从 2000 年开始，黑龙江全面禁渔了——在禁渔期内打鱼是非法行为，捕鳇鱼更是违法的事情了。

现在很难见到鳇鱼的影子了。即便法律不禁止，让捕也捕不到了。除非到俄罗斯那边的江汊子里去，或许还能捕到鳇鱼。听老辈人说，之前，金鸡冠水域是一处"鳇鱼窝子"，那里的水是汶水，水流平缓，常有鳇鱼活动。鳇鱼性情温和，没有暴脾气。白天在深水里沉潜，晚上便游到浅水水域觅食。

高威说，用缆钩钓鱼（也用缆钩钓鲶鱼和嘎牙子），倒钩是一项技术活儿，手必须快，否则就把自己的手钩住了。划船的人与倒钩的人要密切配合，效率才高。也用须笼捕鱼，但多半捕的是细鳞鱼和江白鱼，一晚上能捕十几公斤呢。

每年6月10日到7月25日是禁渔期。此间，除了江水汹涌，江面上的一切都是静静的。偶尔，有几只野鸭子飞过。——唰唰唰！

2011年5月，北极村成立了旅游公司。这绝对是北极村历史上的大事，北极村所有的渔民都变成了职工。一夜之间，靠打鱼为生的人，成了挣工资的人。

"极限农家院"经营得也不错。每年8月1日至8月20日，来旅游的人巨多，住宿的床位爆满。1993年前，高威家开的旅馆都是大通铺，一个洗手间，很快就不适宜了。游客的要求越来越高。到目前，高威家的家庭旅馆改造翻新三次了，原来每个房间七八平方米，现在二十多平方米。标准间二百元，三人间三百元。做生意重在诚信，有客人把钱包或者手机落在旅馆的，高威发现后，都给快递回去了。后来，那些客人又都成了回头客，再来，就像走亲戚一样了。

高威望了望江面，回头对我说："搞旅游比打鱼强多了，不用风里来雨里去。捕鱼的活儿太辛苦了，容易得腰腿疼病、风湿病。现在不愿去捕鱼了。即便江里还有鳇鱼，也不愿去捕鱼了。"

事实上，北极村跟北极圈没关系，它不过是中国版图上最北的一个村子。但是，它却紧靠一条界江——黑龙江，以江为北，以江为界。这些年，随着旅游的火爆，北极村闻名遐迩了。

如今，北极村人的生活，跟鳇鱼已经没有任何关系了。

是啊，赚钱是为了活得更好，而幸福就是要找到如何活得更好、更有意思的感觉。

或许，没有了鳇鱼，北极村人生活的每一天也不会有太多的落寞和惶恐。太阳照样升起，大江照样奔流。

然而，鳇鱼怎么就不见了呢？这是个问题。

森林及生态之间存在着某种神秘的联系吗？一定的，物种从来就不是独自存在的，看似毫无联系的事物，其实，都是息息相关的。

历史，总是在自相矛盾中结束，又在自相矛盾中开始。没有了鳇鱼的江河，也便没有了神秘感，没有了故事和传说。

时间是最好的药。随着林区大禁伐的实施，森林及其生态将恢复生机。鳇鱼是生物链条中的哪一环呢？我无法说清，但有一点可以肯定，它，是生态系统是否稳定的一个标志性的动物。

黑龙江下游的抚远小城，是一个颇具鳇鱼文化元素的边城。抚远，有"华夏东极"之称，与俄罗斯远东城市哈巴罗夫斯克隔江相望。这里有鳇鱼博物馆，有世界上最大的鳇鱼标本，有鳇鱼保护协会，还有鳇鱼养殖企业。街巷、江边、早市、船头……甚至，抚远人的话题中都弥漫着鳇鱼的气息。

鳇鱼，是抚远的魂。研究鳇鱼文化不能不去抚远。

从漠河北极村回京不久，我又北飞抚远。为了解开心底的那些疑问，也为了亲眼看看世界上个头最大的鳇鱼。

在一个细雨蒙蒙的日子，我走进了抚远鲟鳇鱼保护协会那座白色的小楼。鲟鳇鱼养殖专家裘凤祥热情接待了我。他说："鳇鱼濒临灭绝的原因很复杂，但两个原因是回避不了的。其一，江水污染；其二，过度捕捞。经过多年的努力，现在用人工授精方法，鳇鱼批量养殖已经取得成功。"这位浓眉大眼的"八〇后"，身穿迷彩绿 T 恤衫，T 恤衫的正面印着一个大大的数字"3"。

我用手指了指，笑了。他低头看了看，也笑了。

我说："一生二，二生三，三生万物啊！"

他说："鳇鱼在江里重现身影，不是可能，而是肯定。"

——呀呀！鳇鱼鳇鱼鳇鱼——在哪里？

曰归曰归，岁亦莫止。

（原载《北京文学》2019 年第 9 期）

06

草木小记

◎梁衡

都市野味

我住北京已有多年。眼见楼愈高，路愈阔，人愈多，车愈闹，烦不胜烦，便常思小时乡间泥土之乐。

我所在的大院有楼数十座，柏油路纵横其间。早晨的锻炼方式就是绕楼跑步。跑完之后又觉缺点什么。虽路旁有标配的健身器材，然冰冷之物，不想去摸。两侧有银杏树，叶如小扇，楚楚可人；初秋杏果累累，堪比吐鲁番的葡萄。日日过其下，相看不厌，顿生爬树之念，这本是小时常做的功课。于是，晨练之后返家之前，环视四周无人，便纵身一跃，双手抓住低处的树杈，再以脚蹬树，弓腰虫行而上。跑步练腿，爬树练臂。如是者多年。有一日，当我前后扫视，确信无人之时，忽一熟人从墙角转过，惊呼："您还会爬树！"此事遂传回单位，成为顽童之谈。

又大院中遍植花木，有一种名碧桃者，专为看花，春三月，还未吐叶时先绽出鲜红的花朵，艳艳照人。到立秋过后就挂满核桃大小的果子。只是人们都以为它生来就是中看不中吃的，花自开过果自落，谁也不去理会。一日我在树下端详，所有熟透的果子上都有虫吃的痕迹。天下名山佛占尽，世上好果虫吃完。这果子一定好吃！我小心掰开，用舌尖一舔，一股以甜为本兼有些酸，又有一点儿苦的味道，直透心田。关键还不只是舌尖上的享受，它如一道闪电穿越岁月数十年，撕开了我尘封许久的童年记忆。那时在山上打柴，最大的享受就是采食野果。野果之味，不要那么甜，正好留着这一丝的酸和苦才提神解渴，疲倦之时食之，精神为之一振。我自以为牧童发现了断臂的维纳斯，每于晨练之后，汗未落时，优游于桃林之中，捡漏寻宝。虽是三五棵树，然隐身于枝叶间，若茫茫桃林，仿佛又闻幼时伙伴的呼唤。《浮生六记》的作者写其小时于园中蹲看草间小虫的爬行，感觉如林中巨兽往来，大约就是这个意境。后来，我渐渐摸出规律，桃果初成，绿而硬，不能食，虫不来。到色微黄，特别是边棱处现出一条若有若无的红晕带时，便可吃了，虫子也不期而至。能找到这样一粒微软、酸甜、无虫之果，便是意外的惊喜。人虫相争抢得先机也就是半日之间。我将这个秘密告诉院里的朋友，他们的第一反应是："咦！你还吃野果？"仿佛原来交往的是一个野人。

其实人类从森林中走来，从猿人时期到现在的几十万年里，也就近五六千年不全赖野果为生。作为个体，现在还有不少人有过与野果厮磨的童年，哪能这样健忘呢？忽然想起鲁迅先生的《从百草园到三味书屋》，人人都有一个童年，但未必人人都有一颗童心。

北戴河的松树

一般人印象中的松树是高大挺拔的，英俊伟岸，直向蓝天。那说的是东北兴安岭，在北戴河的海边可不是这样。沿着海湾全是松树，却没有一棵直溜的。

首先是个头不高。所谓直入云霄者，在这里绝对看不到，倒是有不少没入了山坳。这是因为海风一阵一阵地向岸上刮来，就像有一个巨人强按着树的头，用一把无形的梳子，一遍又一遍地给它梳。松树总是半弯着腰，不能直身，任其揉搓。按常规，树冠应该是圆形的，向上和向外的一圈秀出新绿的松针，笼着一层娇嫩的朝气。但这里不行，松树的满头黑发，早被带咸味的海风揉成一团乱麻，又挤扁成了一个锅盖。行人走路常要小心，不要让它扫了眉毛或刮了头顶。

再就是树身不直。每棵树向上长时至少会弯出两个弯，多的就数不清了。这又是风的作用。风忽东忽西，不停地吹；忽左忽右，不停地拧。它就只好来来回回地弯。但这一弯，倒弯出了美感，有了线条和力度。当你看一棵独立的树时，它就是一根龙头拐杖，孤傲不群，苍迈倔强。要是一片林子，树干就左右交织，顾盼相呼，或负气而走，狂马乱奔。遇有斜风细雨，劲枝轻舞，松叶落地，就是一幅乱针绣。

北戴河像庐山一样，是清末民初受洋风濡染，世人有了休假观念才兴起的避暑胜地。所以，海边林中藏有不少旧址。你散步时一不小心，就会有一块石头挡路，上刻某将军楼、某使馆避暑地，但大都有址无房了。就是新中国成立后，这里也发生了不少关乎国运的故事。

一方水土养一方树。这松树生此地，身壮而不高，干硬而不直，叶茂而不秀，林密而不齐，倒是很合乎它曾身处的历史环境。

芝麻开门，柿子变软

到江西余干县甘泉村座谈。这个村以产柿子闻名。大家围桌而坐，主人以柿子待客，端上一大盘，黄润如玉，绵软诱人。

柿子在北方也是有的。它唯有一点不好，不熟时发涩，熟透时又易落地成泥，因此，常趁硬而摘，以便于运输。但吃时如何变软去涩又是个难题。在北方我的家乡，小时候常用的方法是用温水泡，倒是不涩了，但还硬，成了脆柿子，是另一种口味。笨办法是放在窗台上静静地等，让时间说话，不怕它不软。常记得小时走亲戚，大人从窑洞天窗上取下束之高阁、存之很久的柿子，其味之美，永生难忘。

江西余干的办法是，将柿子于未软之时摘下，取长短大小如火柴梗的一段细芝麻秆，于柿蒂旁插入，静置一两天，柿子就自然成熟，如现在桌上的这个样子。我听后大奇，仔细端详，果然有一插入之痕。坐在一旁的乡长说，我们小时的一大农活，就是于柿熟季节，帮大人用芝麻秆插柿子。插时柿子还硬邦邦的，只能干活不能偷吃。等到大人赶集回来，开始抢吃筐底剩的软柿子，那是最高兴的记忆。

一物降一物，万事皆有理。看来芝麻秆与柿子之间肯定有一种什么化学反应。阿拉伯故事芝麻开门，这柿子催熟的难题也是靠芝麻来解开的。

（原载《光明日报》2020 年 9 月 11 日）

07

假如你没有吃过菜薹

◎池莉

假如你没有吃过菜薹，无论你是谁，无论享有多么世界性的美食家称号，无论多少网友粉丝拥戴你为超级吃货，我都有一个好心的建议，先，赶紧，设法，吃吃菜薹。

武汉有一种蔬菜，名叫菜薹。如果需要摆明菜薹的正宗血统，就叫洪山菜薹。洪山是武汉市的一个区，在长江以南。武汉人一般懒得把行政区划说那么清楚，凡长江以南，就说是武昌。凡长江以北，就说是汉口。不看南北，只看两江兼得，那就是汉阳了。武汉三镇，都有菜薹，同一个城，价格却完全不同。汉口人家卖菜薹，只要说是武昌过来的就行了，价格就可以很坦然地高于汉口汉阳。过生活的人家，都不会买错。菜薹的品相绝对不一样：肤色深紫且油亮的，薹心致密且碧绿的，个头儿健壮且脆嫩的，香味浓郁且持久的，自然就是武昌过来的。武昌土壤呈弱酸性，是黑色沙瓤土。汉口土壤呈弱碱性，多黄色黏性土。汉阳土壤就更复杂，趋于地下矿藏，有些什么石灰岩、铁矿石之类等。最适合菜薹生长的，就是武昌了。虽说作为蔬菜，自然具有相对的普适性，武汉三镇、大江南北，延及整个江汉平原，也都有苗不愁长，也都还是挺好吃，也都深受广大人民喜爱。有趣就有趣在：所有菜薹中，就数武昌洪山菜薹最佳。别处菜薹拿来，万万不可相提并论，相形便见绌，入口便知晓。洪山菜薹就像一武林高手，身手一亮，立见分晓，你只需定睛看它一眼，就可见在芸芸菜薹中，它是如此出类拔萃，卓尔不凡，鹤立鸡群。而且洪山菜薹也就像所有大人物大明星一样，一旦身居某阶层顶端，就会有种种神奇传说围绕你。洪山菜薹的传说太多了。除了当代商业编造了许多矫揉造作、文理不通的广告性故事之外，民间大众口口相传最为久远的版本，恐怕就是所谓"钟声塔影"。说的是洪山宝通寺塔影之中的那块土地、与延及本寺庙钟声可闻的那片土地，出产的才是最最好吃的菜薹。这个传说之所以流传千百年，我想还是有一定的合理性。只因菜薹是顶爱干净的蔬菜，寺庙乃俗世最洁净的净土，菜薹在寺庙环境的庇护下，远离尘嚣与践踏，自然生得最好了。

说菜薹是顶爱干净的蔬菜，还是谦虚的夸奖，菜薹简直是洁身自好到了毅然决然地与众不同，也是孤标傲世到了与其他蔬菜的绝不苟同。一般蔬菜，都会选择气候温暖的季节，菜薹偏偏选择最寒冷季节。纵是千娇百媚的蔬菜，倒生就一副傲雪凌霜的风骨。它也偏偏不是叶子作为菜，它的菜是那段质感最佳、营养含量最高的茎。这样作为蔬菜，菜薹就有效避免了叶类蔬菜的单薄、粗纤维太多、草酸含量偏高的缺陷。菜薹却也并不因此走茎块路线，把自己埋在地底下泥土里，而是酷爱阳光、寒风和雪霜。寒露时节是万物凋零萎谢之始，却是菜薹拔节生长之时。不要搞错，菜薹还不是菜苔。那些油菜青菜一类蔬菜，抽苔主要是为结籽留种，菜薹主要是为食用。如果冬至有幸落一场大雪，你就会看到那脸盆一般大的一兜兜菜薹，菜心的胸怀无比宽阔，怀抱大捧唰唰冒头的菜薹。翌日雪霁，那些昨夜冒头的菜薹已经一根根苗壮挺立，茎粗壮，色嫩紫，冠顶是鹅黄色簇状小花，五六根就是一盘菜肴。而且，这不，今天刚采摘过的，明天又会蓬勃冒出新的一茬，越是雪大，越是喜人，越是独孤，越是丰沛。

菜薹又是典型的时鲜，随采随吃最妙。它冷藏花颜失色，冰冻即坏，隔天就老，它是如此敏感与高冷，如此宁为玉碎，不为瓦全。却也不是一味要自己的标新立异，客观上倒是很为他人：人类的寒冬季节，蔬菜原本稀少，还又人生苦短，所以须及时吃喝，也算是蔬菜里头的一首无字的《金缕衣》了，提醒的也还是"劝君莫惜金缕衣，劝君惜取少年时。花开堪折直须折，莫待无花空折枝"。

这就是菜薹，你不踏雪采摘，你不亲手料理，你不尽快品尝，你就得不到真经。唯有你不辜负它，它才不辜负你。虽说菜薹老了也能吃，味道却已是天壤之别。当然菜薹自然也有平易近人通俗易懂之处，尽管它冰清玉洁，纤尘不染，料理起来却十分方便，只需要掐成几段，清水过过就好。还有一点儿可爱的小撒娇：菜薹伤刀、亲人。说的是它不喜金属，喜人手料理。然后放进锅里，翻炒几下，顿时就香气四溢。荤素凉拌，般般相宜。菜薹炒腊肉这道菜肴之所以经典，那是因为有了菜薹而腊肉更香，而不像许多蔬菜，靠肉长香。别忘了菜薹的菜汁，得浇在刚出笼的滚热白米饭上，那龙胆紫的颜色、紫水晶的光泽，美味指数无法衡量，只好用最时髦的养生热词：满满都是花青素啊！

满世界都以为武汉人好辣，其实那要看吃什么东西。对于新鲜蔬菜，武汉人的最高评价只有一个标准，唯一的一个标准，三个字——甜津了。菜薹当真就是甜津了。熟吃生吃都是甜津津的。

这般好蔬菜，现在却是世人难见真佛面了。餐馆饭店全都是物流配送大棚菜了。大棚菜基本都是娃娃菜一类。现在是商人不解煮，富人不解吃，年轻人只喜吃概念。更有懒人宅人，冰天雪地足不出户沉溺刷屏叫叫外卖就好。至于外卖快餐是怎样炮制出来的，就不去想了。相信谁拍拍脑袋都会明白什么叫作以最低成本博最高利润，遗憾的是，当今能够拍拍脑袋再开口的人，已所剩无几。

谢天谢地，我是至今都不肯放弃这一种传统美好这一口饮食福气的。冬季到了，是菜薹季节，再忙再冷再不方便，我也不管，只管要千方百计挤时间、跑菜场、精心选择采买。回到家里，即刻动手，择菜炒菜，很快，一盘油光水滑的鲜嫩菜薹就上桌了，只是看一眼，就耳目一新，胃口大开。

半辈子，无数次，面对菜薹，我就变成了一个神秘主义者。每当吃到菜薹中的绝佳极品，我都会心生敬畏，总觉得这种蔬菜是一个不可言喻的神迹。菜薹会令我情有独钟不离不弃到即便它们老了也要养着，花瓶伺候，权当插花，它会再为我盛开半个月，左看右看都别致。"……那些／了解／历史真相的人／总会让位给那些所知甚少的人／那些所知更少的人／最后一无所知的人／在那掩没了／前因后果的草丛里／总会有人躺卧／嘴里含着草叶／凝望云朵／发愣（辛波斯卡）"也不知道为什么，看花时，一回回，某些潜伏在记忆中的诗句，会三三两两浮现出来，在菜薹细碎的花瓣中光影跃动，平常日子里头竟会生发出这样一些生动时刻，竟是由于一种蔬菜，怎么能够不叫我心中暗叹：菜薹哦菜薹，真的是我对武汉这个城市最深最深的一份眷恋。

（原载《新民晚报》2017 年 2 月 13 日）

08

看苹果的下午

◎李修文

在回忆中，我首先看见的是一片油菜花，漫无边际，就像滚烫的金箔从天边奔流过来，压迫着我，最后定要将我吞噬；之后，便是蜜蜂发出的鸣叫，这嗡嗡之声可以视作春天的画外音，从早到晚，无休无止，既令人生厌，也足以使久病在床的人蠢蠢欲动。

暂且放下回忆，读一首诗，米沃什的《礼物》："这世上，没有一样东西我想占有；没有一个人值得我羡慕；任何我曾遭受的不幸，我都已经忘记。"20 岁出头，我才读到这首诗，一读之下，顿觉追悔：如果我早一点爱上诗歌，早一点读到这首诗，那么，当回忆一再发生，那个形迹可疑的人再三陷入焦躁之时，我便会劝他安静，坐下来，背靠青草环绕的篱笆，听我念余下的句子："想到故我今我同为一人，并不会使我难为情……"

那个看苹果的下午，他实在太焦躁了。他先是对着一片桑葚林信口开河，说就在 10 年之前，他曾经只用一棵树上的果实就酿出了 50 斤桑葚酒；而后又说王母娘娘其实是附近村子里的人。见我冷眼旁观，他也只好悻悻住口，转而看见一头黄牛，跑过去，想要骑上牛背，可是，费尽周折也没能骑上去，回过头来，凄凉地对我说："想当年——"话未落音，他就被黄牛踢倒在了地上。

其时情景是这样的：一个中年男人，带着一个 10 岁左右的男孩子，两个人素不相识，但却结伴走了几十里的路，其间，男孩子有许多次都想离开，中年男人却一直劝说他留下来，看上去，就像一场诱拐。话说回来，这到底是因何发生的呢？

因为我想看苹果。真正的，从树上摘下来的苹果，而不是画报上的抑或别人讲出来的样子。长到 10 岁出头，我还没见过真正的苹果，这自然是因为我长大的地方不产苹果，其次也说明，此地实在太过荒僻，荒僻到都没有人从外面带回一只来。说来也怪，自从有一回从一本破烂的画报上见到，我就开始了牵肠挂肚，一心想着真真切切地见到它，抑或它们。

好消息来了。赶集归来的人带来一个消息：有一辆过路的货车坏在了镇子上，车上装的不是别的，恰恰就是真正的，从树上摘下来的苹果。说者无意，听者有心，当天夜里我就在梦里贪得无厌地吃苹果，吃了一个，再吃一个。天还没亮我就醒了，天刚蒙蒙亮我就悄悄出门了，是啊，我终于忍耐不住，决定亲自去镇子上走一遭，去看看那些传说中的苹果。

可是，造化弄人，当我气喘吁吁地来到镇子上，那辆货车已经修好了，苹果们刚刚在半个小时之前绝尘而去。它们无爱一身轻，只是可怜了追慕者，沮丧得绕着镇子走了一遍又一遍。天可怜见，好几十里的山路，用了整整一个上午才走完，脸上都被沿途的蒺藜划出了一条条口子。也就是在此时，我遇见了他，那个宣称一定能带我看见苹果的人。

作为一个远近闻名的牛贩子，他终年累月都在周边的村镇游荡，所以，我自然也认得他，我还知道，牛贩子的手艺让他过得不错，但也让他享有本地最为败坏的声名，多数人遇见他都避之不及。我自然也是。当我在茶馆门口看见他被众人赶出来的时候，全然没想到他会找我说话，我只是想稍作歇息，然后便动身回返。看见他坐到我旁边，我原本想抽身便走，然而鬼使神差，我竟然不仅告诉了他此行的目的，而且，还答应他，跟他一起，继续去到镇子外的深山里见识真正的苹果。

何以如此呢？一来是，我实在太想见苹果们一面了，在我的玩伴里，虽说有的去过县城，有的拥有一本《封神演义》，但见过苹果这件事，却足以使我在一个月之内被人簇拥；二来是，牛贩子说的那片苹果林，其实是在我来的路上，这个事实过于耸动了，我当然将信将疑，但是他说得有鼻子有眼，我也不得不信。

关于那片隐秘的苹果林，他是这么说的：它们的主人，从前在四川茂县当兵，退伍回家时带回来一些苹果籽，也没放在心上，前几年，家里生了火灾，一夜之间，家徒四壁，实在没办法了，为了不让人笑话，又为果实长成后不被人偷，他便在深山里选了一处地界，播下了苹果籽；几年下来，在不为人知的地界，苹果树已然长得比寻常的桑葚树还要高，而眼下，算我有运气，正好是挂果的时节，这本是天大的秘密，但他恰好和果园的主人是结拜兄弟，所以，他才有机会带我去看它们。"感谢的话就不用说了，"他说，"我也要去看我的兄弟。"

话说到这个地步，如果再不相信，即使以我当时的年纪，也害怕自己是不可理喻的，于是，我便和他出发了。

这时春天刚刚掀开了序幕，油菜花在怒放，河水异常清澈，青草发出香气，牲畜的身上全都燃烧着欲望之火。即使我还是个小孩子，面对这眼前万物的汹涌之美，也不禁心生惭愧，担心自己恐怕不能匹配它们。这不管不顾的美，甚至不是造物的恩宠，而是被化身为铁匠的天使们锻打出来的，炉火熊熊，火星飞溅，敲击声此起彼伏——哦，我走神了，甚至都忘了苹果——再看牛贩子，他显然也忘了，难以置信的是：在一片油菜花的中央，他先是像只蜜蜂，夸张地嗅着花蜜，嗅着嗅着，他竟然哭了。

他忘了苹果不说，还在莫名其妙地哭泣，我当然非常不悦，不耐烦地催促他赶紧上路。他倒是没有拖延，跟我一起朝前走，沉默着，全然不似之前的喋喋不休，突然又问我："你有什么对不起父母的事情吗？"我根本未加理睬，没想到，他的哭声竟然转为了号啕，面对着刚刚走出的那片油菜花，他一边哭一边叫喊："我妈埋在这里，我却把地卖了，现在连坟地都没了，我真是狼心狗肺啊！"

却原来，他也是有故事的人。但是很遗憾，这个下午我不关心全人类，我只想念苹果。说话间，我们开始翻越一座山，起风了，天上的云团也开始变幻，阳光渐渐变得黯淡。我担心天气转阴，接连要他走快一点，哪里料到，这个声名狼藉的牛贩子，竟然比我这个岁数的人还要幼稚：一群喜鹊从树梢间飞出来，他追在后面小跑了半天，却是跑向了跟我相反的方向；随后，他又为一片燕麦的长势而长吁短叹；迎面看见一条小青蛇，已经死了，他蹲在小青蛇的旁边，看了又看，看了又看，怎么叫也叫不走。

他的种种行径，令我十分不齿：一个本地的牛贩子，又不是来自遥远的首都，这满目景象，全都是寻常所见，何苦要像一个城里人般大惊小怪呢？

下山之后，眼前有两条路，一条通往我的村庄，另外一条，按照牛贩子的说法，则可以去往秘不示人的苹果林，奇怪的是，他竟然走上了我回家的路，经我提醒，他才连声说都怪我，这一路都不跟他说一句话，这比杀了他还难受；其后，他又开始了赤裸裸的威胁：如果我再不跟他说话，他便要就此与我分别，至于苹果，"反正你长大了总会看到的，"他说。

我问他，我到底要对他说些什么，才能令他满意，他竟然说："那就讲个故事吧，讲讲《封神演义》。"

　　多么怪异的下午：此行我是为苹果而来，转眼之间，却在给一个牛贩子讲故事，其中转换，真是难以言表。而这已经不是第一次：在刚刚翻过的那座山上，他就一直在不断地央求我跟他说话，"到底什么是童话？"他问，"你讲一个给我听听吧？"但这中年人的要求实在过于诡异，我断然拒绝了他。好在，他突然遇见了一个熟人，正推着自行车从对面走过来，瞬时之间，他立刻便像换了一个人，表情变得夸张，大呼小叫着奔了过去。

　　对方显然是认识他的，但面对他的嘘寒问暖，并没有给予足够的回应。他想要跟对方握手，结果，自己的手伸出去了半天，对方的手却没有伸出来，匆忙招呼了几句，骑上自行车就走了。他盯着对方看了一会儿，悻悻跑回来，对我说："我都不嫌弃他，他反倒还嫌我。"我不信他的话，故意问他，人家在嫌弃他什么，他稍微愣怔一会儿，恼怒地说："你听好了，我是说我不嫌弃他——"紧接着又补了一句："他有癌症，胃癌，你知道的，胃癌又不传染，我不嫌弃他是有道理的。"

　　多么让人欲说还休的时刻：不愿意跟他握手的人径自逃远

了，我却受困于此，为了一睹苹果们的真颜，只好跟他讲起了《封神演义》。然而，虽说我有千般不情愿，他居然还全无耐心，这第一回，"纣王女娲宫进香"，我才说了个开头，他就重新变得焦躁，打断我："不如，我们说说女人吧。"以我此时的年纪，女人，这是多么羞耻和不能提起的话题，我停下步子，看着他，他也盯着我看，竟然发出了一声叹息，"唉，你还是个小孩子，"他说。

就在如此厮磨之间，下午的时光过去了大半，黄昏已经近在咫尺，风渐渐小了，田野上的作物们渐渐变得安静，不知何时起，连蜜蜂的嗡嗡之声都消失不见了，我们却还是没有走到我们的目的地，再看眼前，除了油菜花还是油菜花，既无村庄，也无深山，哪有什么苹果林的影子？

我怀疑他在骗我，我怀疑前方根本就不存在什么苹果林，而且，怀疑一旦滋生，就再也无法消除，越往前走，怀疑愈加强烈，只是想不通：他骗我走这一遭，为的是何缘故呢？"对啊，"他也愤怒地反问我，就好像受了多么大的冤枉，"我骗你有什么好处？"紧接着，他便一再宣称，苹果林距离此处已经只剩下不足5里路，如果一路小跑，半个时辰定能赶到；话说至此，我明明已经离开他，走上了回家的路，到头来，还是又折返到他身边，继续跟着他小跑了起来。

他几乎是个废物。小跑了不到 10 分钟，刚刚跑到一座小庙前，他就连连地剧烈咳嗽起来，停住步子，弯下腰，上气不接下气地喘息，稍后，又眼泪汪汪地看着我，表情里竟然掠过一丝明显的羞涩。我见他实在难受，就转而劝他稍作歇息，于是，两个人几乎还没开始赶路，就又在小庙门前的一棵柳树下坐了下来。

咳嗽稍稍止住一点，他便重新开始了信口开河，竟然说背后的小庙是吕洞宾修建的。我提醒他，吕洞宾是道士，不是和尚，他倒是毫不慌张，接口便说吕洞宾在当道士以前就是当和尚的。到了这个地步，我已看清他的面目：只要我跟他说话，他便会上了瘾一般将话题纠缠下去，无休无止。我便闭口不言，他先是讪讪而笑，转而又劝说我去庙里拜一拜。我忍无可忍，问他为什么不拜，他却笑了，笑着摇头："我这辈子，没什么菩萨保佑我，哪一尊我都不拜。"

天地之间仍然残留着夕阳之光，这光芒虽说还能穿透柳树的枝叶照到我们身上，但也正在一点点消失，我们站起身来，再往前走，哪里知道，刚走出去几步，我所有对苹果饱含的热情和想象就将宣告破碎，这个冗长的、看苹果的下午也终于来到了戛然而止的时刻——他站在我身后，定定地看着我，又认真地说："我是骗你的，压根没什么苹果。"

"我才是得了胃癌的人，可是，胃癌又不传染！偏偏就没一个人跟我说话……"多年以后，我还记得牛贩子一大段说话的开场白。其后，他告诉我，在得胃癌之前，他就没有结下什么善缘，现在好了，胃癌缠身之后，人人都说他的病会传染，走到哪里都被人轰出来，他又孤身一人，无家无口，想找人说话都想疯了。偏偏遇见了我，赶紧就骗了我，先为的是，只想跟我说说话，再为的是，要是真的走不动路了，我说不定可以搀着他走。至于这一下午的行程，就算没有遇见我，他自己也会走一遭的，先去母亲已经不存在的坟地上看一看，再去看看一个女人，这个女人，是他的相好，"嘿嘿，这件事情谁都不知道，"他苦笑着说，"不过，我现在病发作了，一步也走不动，看不了她了，骗你也骗不下去了——"

世间草木为证：我一直都在怀疑他。但是，必须承认，他的话于我仍然不啻一声黄昏中的霹雳，彻底了断了我和我的苹果们，如梦初醒，我张大了嘴巴，半天说不出话来。

多年以后，我还记得我和他的告别：我发足狂奔，在燕麦与油菜花之间穿行，麦浪滚滚，犹如屈辱在体内源源不绝，以我当时的年纪，"死亡"二字还停留在书本上、电影里和千山万水之外，即使它就在我的身边真切发生，我也不会为了这件庞大的、远远高于自己的物事去惊奇，去难以置信，当此之时，屈辱已经大过了一切，这看苹果的下午，让我在震惊之后明白了一件事情，即，我可能是愚蠢的。一片并不存在的苹果林，就足以使我鬼迷心窍。这事实岂止伤心二字当头？那就是一清二楚的屈辱。在奔跑中，我委屈难消，悄悄回头，依稀看见牛贩子还站在道路的中央，似乎也在呆呆地看着我，不多久，像是连站都站不住，他趔趄着，又坐回了柳树底下。

而我，我还将继续奔跑，继续感受麦浪般起伏的屈辱，甚至到了后半夜，从梦境里醒转，想起自己的愚蠢，仍然心如刀割。我一点也不想再看见他。

人间机缘，翻滚不息，又岂是几处杂念几句誓言就能穷尽？事实上，就在一个多月之后，我便又见到了他。那一回，我受了指派，去镇子上买盐，归途中，路过一处人家，这户人家破败不堪，院落里长满了杂草，杂草间隙，又长着几株绝不是有意栽种的油菜花，稍微定睛，我竟然又看见了他，那个欺瞒过我的牛贩子。

此时的他，全身上下已经没有了人的模样，胡子拉碴，瘦得可怖，阳光照在他身上，就像是照在鬼魂的身上。他躺在一把快要塌陷的躺椅上，眯缝着眼，打量着来往行人，但身体却是纹丝未动的，几只蜜蜂越过油菜花，又越过杂草，在他的头顶嗡嗡盘旋，可是，无论他有多么焦躁，他也再没有赶走它们的气力了。即便年幼如我，也清楚地知道了这样一桩事情：他马上就要死了；他剩下的人间光阴，已经屈指可数。

自此之后，我再也没有见到过他。

也常常禁不住去想：在生死的交限，牛贩子定然没有认出我来，一如他定然想不到，我以为他带来的屈辱之感会在相当长时间里挥之不去，而事实上，它们并没有想象中的顽固，晨昏几番交替，我就在我的身体里找不到它们了，到了后来，我只记得，我有过那么一个怪异的看苹果的下午。

这么多年，我当然也见到了真正的苹果，四川的苹果，山东的苹果，甚至北海道的苹果，机缘凑巧，我还去了不少的苹果林，四川的苹果林，山东的苹果林，甚至北海道的苹果林。置身在这些苹果林里，偶尔的时候，漫步之间，我一抬头，依稀还能看见牛贩子，他就站在其中一株苹果树的树荫底下，仍旧形迹可疑，焦躁地四处张望，似乎是还在想找人说话。

这当然是幻觉。但我希望这幻觉不要停止，最好将我也席卷进去，让我和牛贩子重新走回那个看苹果的下午。果然如此，在小庙前的柳树底下，当他陷入疲累之时，说不定，我要给他接着讲一讲《封神演义》；最好是还能告诉他：无论你在哪里，不管是九霄云外，还是阴曹地府，为了自己好过，你终归要找到一尊菩萨，好让自己去叩拜，去号啕，去跟他说话。

这菩萨，就像阿赫玛托娃在《迎春哀曲》里所说："我仿佛看见一个人影，他竟与寂静化为一体，他先是告辞，后又慨然留下，至死也要和我在一起。"

（原载《文汇报》2013 年 1 月 7 日）

09

老茶

◎邵丽

喝陈年老普洱，起初的几泡红得浓稠，我常常泛起喝稀饭的古怪念头，因有焚琴煮鹤之嫌，故从不与人谈及。

开始，老茶总是一副历尽烟火的样子，茶汤黏得挂口，面相也浓得化不开，简直世俗得了不得。冲泡四五道之后，色泽逐渐澄明透亮，渐渐有了点混沌初开拨云见日的通透，不过还是味甘香高，仍旧在市井味里挣扎。再往后就有些淡了，然而却愈加有回甘。其实，老茶的好正是那一回首的余韵，让人恋恋不舍格外珍惜。不常喝普洱的人会觉得并无甚味，也会做刘姥姥之思："好是好，就是淡些，再熬浓些就更好了。"

的确，那余韵需要耐心地等待和修炼，品得久了，就会咂摸出淡淡的枣香或者是樟木之气。总的说来，喝普洱茶并不需要多么大的排场，不过，虽是俗中见雅，也须有他人在场方才正经。三五老友，渔樵闲话，或臧否人物，或撒豆成兵，或一无挂碍物我两忘，或酒肉穿肠歌吟笑呼。

茶可以喝得风生水起，非关禅，非关道，这是普洱老茶的阔绰。

品绿茶，却似一个人的孤身相守地老天荒。春困之时，冲一杯毛尖或龙井新蕊，对窗细看那嫩绿的芽头云卷云舒，上下翻然。窗内云蒸霞蔚，窗外诸事尔尔，逝者如斯，陡生"茶外无一事，窗外亦无一事"之慨。其实，绿茶并非不食人间烟火，其"望之俨然，即之也温"，感动常在不期而遇之处。普洱老茶虽然面目和善，浸淫久了，倒也有穿云度月，醍醐灌顶的敏捷。

品茶是要拿捏好关节的，早上起来就呼朋引类，拉开架势喝茶，纵使是好意为之，也难免着力过甚，拂逆了茶意。不信回想一下，若是逆旅之中，无论寒冬酷暑，能得一杯暖暖的热茶，哪怕茶质不甚好，小心地送入口中，便也会有幸福感逶迤而来。想想一千多年前，西晋"惠帝蒙尘，还洛阳，黄门以瓦盂盛茶上至尊"的百感交集，所谓江山，也不过是一杯茶的冷暖得失吧！

能在一起喝茶的人，在我看来是不一般的。我曾写过酒，写过酒友。眼前的日子愈过愈宽绰，无论是出门应酬或者家宴，十有八九是少不得酒的，酒友因此多如过江之鲫。但专门约了一起喝茶，就似乎郑重了许多，也更在意这些茶友。胸有块垒，抑或遭际不堪，首先念想的便是常常聚拢喝茶论道之人。不相干的人即使在酒席上相遇，也不过是三杯两盏淡酒的酬酢，断乎不会凑在一处喝茶，哪哪都是对不住榫的。

此事想来甚觉奥妙万端，爱茶之人成千上万，唯三五知己凑在一处，在多如牛毛的茶叶面前，恰这几片叶子与这几人遇合，这是几世轮回修到的缘呢？

茶是人情冷暖的表记。《红楼梦》中，槛外人妙玉云空不空，看人奉茶，即使一言九鼎的贾母，她只用"旧年蠲的雨水"泡茶；而黛玉宝钗，喝的竟然是"五年前我在玄墓蟠香寺住着，收的梅花上的雪"。茶杯仅仅因为刘姥姥用了一下，她就坚决不要了，甚至放狠话："这也罢了。幸而那杯子是我没吃过的，若我吃过的，我就砸碎了也不能给她！"妙玉后来的遭际的确令人扼腕叹息，是天作孽还是人作孽？诗云："永言配命，自求多福"，其中的道理细细品来比茶汤还浓。

晴雯撕扇那一出，很难让人笑得出来。曹公借褒姒笑狼烟之典，为后来晴雯的落魄铺垫，不易猜出是哀是怒。待看到晴雯被王夫人赶出怡红院，宝玉去看她，她要茶喝那一段，才让人唏嘘不已："晴雯道：'阿弥陀佛，你来的好，且把那茶倒半碗我喝。渴了这半日，叫半个人也叫不着。'宝玉听说，忙拭泪问：'茶在那里？'晴雯道：'那炉台上就是。'宝玉看时，虽有个黑沙吊子，却不像个茶壶。只得桌上去拿了一个碗，也甚大甚粗，不像个茶碗，未到手内，先就闻得油膻之气。宝玉只得拿了来，先拿些水洗了两次，复又用水汕过，方提起沙壶斟了半碗。看时，绛红的，也太不成茶。晴雯扶枕道：'快给我喝一口罢！这就是茶了。那里比得咱们的茶！'宝玉听说，先自己尝了一尝，并无清香，且无茶味，只一味苦涩，略有茶意而已。尝毕，方递与晴雯。只见晴雯如得了甘露一般，一气都灌下去了。"

其实，如人一样，茶也有性子。性烈者如妙玉晴雯，四月裂帛，宁为玉碎不为瓦全，像炭烧乌龙，面黑心狠，入口即夺人魂魄。性温者如安吉白茶，悠悠荡荡，率性而归，凤羽玉肤，淡颜素心，一派天真。当然，也有夫子一样"温而厉"者，如六安瓜片，初入口倒也平和，稍有贪杯，便会知晓它的手段。

前几日，久雨方晴，天气好得实在不像话，路边的桃花樱花开得不管不顾，煞是泼皮。早上约了延玮去踏春。延玮又约了鱼禾，鱼禾再约碎碎。一众红口白牙环佩叮当者，先是在园子里煞有介事踏歌徐行，不久便心热口燥。本就不良于行，岂能躬耕陇上？终有好事者提议去"老家茶坊"喝功夫茶，二三子半推半就，卷土而去。

"老家茶坊"位于郑东新区，茶坊主人是一家报社的驻豫记者，因为好茶好友，索性弄了这间茶坊把玩。故所来者一为好茶者，一为好友者。茶坊主人内秀且内敛，诗书画兼修，深有心得，而且为人躬自厚而薄责于人，很有竹林七贤阮籍"发言玄远，口不臧否人物"之风度，在圈子里亦甚有口碑。

我与他是多年的茶友，平日都当自家兄弟看待。更重要的是，这几年诸事纷披心乱如麻，山重水复之际，他依然不离不弃护持左右。君子虽居乱世，不改其节，善人为善岂有息哉！好在虽风雨如晦，仍鸡鸣不已。柳暗花明之时再作回首观，方知路遥人在。有如此一帮兄弟相扶，才使我从容优裕到不穷于道，不失其志。

被主人引入茶室，我先点了一款月光美人。此茶系普洱芽尖，其香淡雅脱俗，极适合女士饮。鱼禾是自负的家伙，自吹自擂好茶懂茶，平日喜饮滇红，对于普洱则只认熟不喜生。我笑而不言，只管以茶相劝。哪知她三杯月光美人入口，一脸的迷茫，连声打问此汤是什么仙味。当被告知是生普，顷刻之间迷茫被讶异替代，丝毫不加掩饰地连连叹道，原以为普洱生茶都是些粗枝阔叶，哪承想会有这般精细！主人闻言，更加殷勤，再上一道雀嘴。那叶片状如鸟喙，尖中见圆，瘦而不骨，顾盼生姿，单单看模样便知不是寻常之物。茶汤入口，意在茶先，几个回合下来，众人几欲醉倒。主人索性又端出看家的紫鹃，冲泡出来盛在透明的玻璃杯中，真个粉雕玉琢，雾气氤氲，似紫气东来，令人飘飘欲仙，竟把几个没见过世面的主儿看得呆了。

其实，在常泡茶馆如我这般重口味的老茶客眼中，这几道茶终不过是皮毛，只是拿来表演的套路而已。待踩完过门儿，我径直唤过当值的小姑娘，嘱她好生搬了九三年的景迈老沱出来。这才是大戏开张，入到了一板一眼丝丝入扣的九曲回肠里。如同他乡漂泊了几十年，在一个风雪之夜撞开门寻回老家，蓬牖茅椽，绳床瓦灶，历历在目，亲得只想让人纵声一大哭。

此前我们曾相约写写茶。虽然我私下里一直认为我这几个姊妹不甚懂茶，但验明了正身，才知道她们有多不懂。延玮认下了月光美人，鱼禾抢了紫鹃，粉色的雀嘴自然给了碎碎，我则是千年不变的老景迈。上来的这块景迈是生沱，在岁月静好处如琢如磨，完全脱去了生茶的品相，色比琥珀，香似淳酥，回甘变动不居而又九九归一，若那贝叶经般，入化到了至高之境，虽然失去了新茶似有若无的蜜香，但深藏不露的陈窖劲道，非新茗所能望其项背。品得久了，便会感觉人茶一体，岿然静坐，四面生风。

不过，拿如此老茶与姊妹几个品了评了，意见竟参差不齐。方知各人好恶其实难同，也各能自圆其说。回头想想，甚不足为奇，即使生而为人也莫不如此，青春时生涩，却清新得人见人爱。到了盛年，圆通是足够了，却难免有了开到荼蘼花事了之步步惊心。见仁见智，在在有异，其唯茶乎！

不知是谁打问行情。主人埋首品茶，莞尔不语。此时不宜论钱，否则会斩杀喝茶人的心情。分明是些树叶子，不过被人点化，方有了阶级，致使这个普通物什贵贱亲疏，皆有等威，愣是被商人拿捏成了买卖。在我的理想国中，茶叶被人采下来放置一处，逆旅之人，文人骚客，渔人樵夫，各路好茶者只管去，各取所需，或点到为止，或极饮大醉，那才不辱没茶性。

我始终以为，如果朋友间的品茶是一场盛宴的话，那么夫妻之间品茶就更似一次小酌。不过也更得有仪式感，万不可太过随意——也许这只是我一茶癖——精选所喜爱的品种，下午三四点的光景，欢喜地喝趟下午茶，便是最精致的日月了。最好是有西窗的屋子，窗下放张木头桌子，鸡翅、花梨皆可。茶具一定要手工老泥做就，烫壶、温杯、洗茶一步都不能落下。那时斜阳夕照，天风流荡，满屋金黄。女人为喝茶而特意换上的碎花长裙，与男人干净的棉衫相映成趣。细品慢咽，碎语若醴，壶中日月悠久而绵长，那时光纵使一万年重复也是不会倦的。

"老家茶坊"碰巧有两间对照斜阳的茶室，茶友们松散地坐开去，由着伺茶的女子在珠帘明明暗暗的光影里游走。坐得久了，可以到偌大的茶坊里走一遭。墙上挂着京戏名角儿的水粉画，一如既往地低吟浅唱。迎门的架子上是主人收藏的各种玉器玩物，有小家子的碧透，也有当家人的雄浑。背面长廊里的酒架上各种名酒铺排得满满当当。大厅 5 米多长的红木长桌上备了笔墨纸砚，一时兴起可以尽情泼墨挥毫。我最喜欢展厅里那几个大肚青花茶瓮，每每过去都要挨个打开闻一闻。有的浓烈、有的淡雅，有的放肆如春光乍泄，有的收敛到不露声色。这样两三个小时过来，净了口，洗涤了肝肠，只觉饿得撩心。碰巧谁谁得了稿费做东，便由不得揭竿而起者劫富济贫，让茶坊的厨子煎了鹅肝，或者一份六七成熟的小牛排，再佐一杯正宗的法国红酒，细嚼慢咽，仿佛一生一世，天闲日永。这日子真真奢靡到了"腰缠十万贯，骑鹤下扬州"的癫狂。

我相信，这一班姊妹有了此番历练，"除了诱惑，什么都能抗拒"了。

（原载《河南日报》2013 年 7 月）

10

格桑花姿姿势势

◎刘琼

从张掖城区驱车两个半小时，然后弃车，爬上一道缓坡，用彩色藏文刻在石碑上的"马蹄寺"三字出现了。

愿意的话，停下来，转一转经轮。对面是祁连山，山顶的皑皑积雪此刻看得最清楚。马蹄寺挂在左边的石壁上，需要继续上坡。虽然深陷青藏高原和内蒙古高原合围的黑河冲积川地，毕竟海拔也有 2400 多米，这会儿节奏放慢点儿好。坡道两边，格桑花姿姿势势，在缺水少雨的西北高寒腹地，头顶八片纤秀的花瓣，浅粉，玫红，绛紫，橘黄……一枝一枝，一簇一簇，从意想不到的角落又一次冒了出来。

第一次看见这花，是在楼下邻居家的院墙上。小区落成不久，外国人以及中国台湾、香港人不少。他们是英格兰人，一大家子，夫妻俩加上三个大男孩，还有保姆，体型都很健硕，看起来更像北欧人。健硕的女主人经常穿着白色长袍在庭院里走动，影影绰绰间，我总把他们当作印巴人。或许是有在印巴生活的经历吧？没有问过，碰面只是微笑。他们的英伦特点其实很典型，比如安静的性格，比如对园艺的热爱。对园艺的热爱，使他们即便在北京这样一个雨水少沾、风沙时虐的城市暂居，也不忘种花植草。庭院像一枚狭长的书签，栽在盆里、挂在墙上的，便是这种草花。在北京，它们叫波斯菊。波斯菊蓬蓬勃勃，又纤纤柔柔，从仲夏一直开到初秋。初秋之后，我看见他们家的庭院里曾种过另一种枝叶和花都十分细小的草本植物。

花有千姿百态，各花入各眼。比如土生土长的老北京，甚至包括我们这些已经被改造的一代二代移民，有了露天阳台或者院子之后，首先种的总归是月季之类。各种各类各颜各色的月季，构成了北京的花草背景。如果是在风清气朗的日子，又恰好是月季盛开的日子，你就会看到全天下的月季似乎都被栽到了北京城，单瓣的、双瓣的，大棵的、小枝的，有香味的、无香味的，杂交的、纯种的，应有尽有，饱满、生动以至完美。此时此刻，仿佛所有的辛劳、疲倦、不适，所有的怀旧、比较、不满，都可以灰飞烟灭，留下的只是眼前这北京的好。北京的好，当然不止这一条。我在北京三四环边上住了二十多年，眼睑着人多了、楼高了、路堵了，间或有外地朋友特别是那些一直住在山清水秀地方的朋友会调笑，问，住在北京到底有什么好？北京的不好显而易见，可以枚举，比如房价高、交通拥堵、空气恶劣。但北京的好更好，比如冬天有暖气夏天干爽，比如开放包容，等等，难以言尽。只冬天有暖气这一条，江南的朋友就艳羡不已。四季分明的江南，一进三九，大家只能生扛着挨过潮湿寒冷的冬天，那种阴冷的滋味可真是刻骨铭心。北京的四季里，最令人挂怀的还是老舍先生曾经怀恋和吟咏过的"北平的秋"。北京秋季的好，也与植物有关，比如银杏，比如秋菊，比如火柿子。天安门城楼旁边的太庙劳动文化宫，以前每年秋天都举办菊展，熙熙攘攘，去看的人不少。比较起菊花，我更爱银杏。三里屯东五街的银杏大道，在我的眼里，真是比巴黎的枫丹白露还要美。银杏的美是高贵的美，精致的造型，灿烂的颜色，美得如此洋气，却不娇气，银杏比杨槐好养。有了银杏的北京，整整一秋，都散发着诗意。在这样的季节，在北京，再加上枝头挂着的那些火红的柿子，不需要去什么香山后海，随时随地，都可以入画。

比较起来，波斯菊是北京庭院的外来户，不常见。因此，第一次在英国人的庭院里看见时，我想一定是它们的主人把乡愁种到了北京，温湿的西欧才是它的故乡。它们的模样看起来即便不是长在"牛奶和蜜之所"，也应该长在水源充足的地方。波斯菊这个名字，听起来似乎也是洋妞在北京。所以，很长时间里，我都没有把它们与格桑花，与高寒联系在一起。虽然，格桑花在我的记忆里，像唐古拉山，像青藏高原，像珠穆朗玛峰，仿佛比传说还要久远。

使劲想了想，第一次接触格桑花，应该是很小的时候。从一个双卡录音机里，听到藏歌《格桑花》。"格桑拉，祝我们大家幸福哟，祝我们大家吉祥，格桑拉……格桑拉，今天我们在一起，手捧洁白的哈达，格桑拉……"一遍一遍，循环地唱，自此，记住了。格桑花，又名格桑梅朵，是藏语和藏文化地区的叫法，长期以来一直寄托着藏族人民期盼幸福吉祥的美好情感。格桑花名气大，大概也与"美好"之寓意有关。

格桑花究竟是不是波斯菊？为什么又叫波斯菊？争议不少。手头有广东科技出版社 2018 年 6 月刚刚出版的《中国植物（西北分册）》，从头翻到尾，既没看见"格桑花"字样，也没看见与波斯菊相关的图样。无奈，只能借助互联网，用"百度百科"搜索，在"格桑花"的词条下，图片很多，大致都是眼前这花的模样。"这是一种生在高原上的花朵，从植物学特征上讲，菊科紫菀属植物和拉萨至昌都常见的栽培植物翠菊，都符合格桑花的特征。"按这个解释，格桑花是个集合，即便在高原上，也还存在着大于一种的格桑花。那么，为什么会出现波斯菊的叫法？或者说是先有格桑花后有波斯菊，还是先有波斯菊后有格桑花？往下翻，看到一段补充，大意是说波斯菊植株要比格桑花高一点，只在七八月份开，也属于格桑花的一种。这就对了。波斯菊，大抵是青藏高原以外的叫法，它不只长在高原，在平原地带，在亚洲，在欧美，都是庭院草坪的主角。至于在西南、西北高寒地带，大概因为生长期拉长，实际开花时间要比平原地带要更长一些。这是我的估猜，也不知道对不对。

不过，在干旱得滴水不存，连人畜吃水都要到十几里外的山上去驴拉肩驮的临夏东乡族自治县布塄沟村，几枝玫红色的格桑花——在西北还是叫它格桑花吧，突然从落成不久的食品加工厂的大门边上冒出来，至少是我，吃了一大惊。

布塄沟村是个自然村，它的有名是因为它的贫困。它的贫困主要源于干旱缺水，土质又差，属于湿陷性黄土，分子空间大，松软，一下雨立刻塌方，滴水难存，因此这样的绝望之地，又被称为"地球裸露的肋骨"。自然环境恶劣到令人绝望的布塄沟村，今年夏天，我们去的时候，赶上劈头盖脸的大暴雨，以为可以舔舔舌头解解渴，结果，立刻发生大规模坍塌，道路切断，住房被泥石流掩埋。新的更深的绝望来了。

没雨没的喝，有雨还坍方，如果不是村前的三座古老的拱北作证，说破天，我也不能相信这里是唐蕃古道，也即古丝绸之路。一千多年前，正是沿着村前这条黄土路，唐皇室送文成公主入藏的车马，进入青海藏区。"从唐王朝的都城长安出发，沿渭水北岸越过陕甘两省界山——陇山到达秦州（今甘肃天水），溯渭水继续西行翻越鸟鼠山到临州（甘肃临洮），从临洮西北行，经河州（甘肃临夏）进入青海境内。"这是如今能够查找到的关于文成公主入藏路线比较权威的一种说法。史书记载，文成公主从长安走的时候，带了大量的医药、农业、佛教等方面的实物和书籍作为陪嫁。路途遥远，整个行程艰难、漫长，走走停停。各种谷物和芜菁种子，沿途分送给当地的百姓，书籍和知识也分散传播。沧海桑田，这些植物的种子和书籍知识一样走得很远，慢慢地，以他乡为故乡。

1300多年来，布塄沟村前的这条古道，不曾断过人气，慢慢地形成了村落和人烟。人类向来逐水草而居，人们愿意在此居住并能流传有序，可以想见，从前，这里起码是水源充足适合人居的。水源何时了断，不得而知。村前的那条古道，现在修得有点规模了，据说再过两年柏油马路就可以畅通。自来水开始入户。经济贫困，老乡家里却比想象的要整洁，特别是着装，男男女女穿得都不邋遢，也常常让人忘了他们实际生活的贫困。在东乡族和保安族人家做客，女主人端来漂着油花的奶茶。据说，当年文成公主的行囊里携带有君山银针，高原上有喝奶茶的习惯，也是文成公主入藏后慢慢养成。

村庄的四周，漫山遍野，触目都是十五到二十厘米的黄土浮土。今年雨水偏多，向阳的山坳里长出了一丛一丛的绿色，是各种荆棘和小灌木，格桑花夹在其中。看来，人类对于美的事物的向往和追求是本能。

距离布塄沟村不足两百里的地方，就是马家窑。前溯五千年，到新石器晚期，临夏马家窑产生了世界艺术史上登峰造极的彩陶文化。艺术是生活图景的折射。在我眼里，马家窑出土的彩陶上，最神奇美妙的图纹莫过于蛙纹和水波纹。青蛙是水陆两栖，生活在水中或近水的地方。水波纹更不用说了。这两种图纹在彩陶器皿上大量出现，说明五千年前，临夏这一带还是水草丰茂，"听取蛙声一片"的水泽之地。蛙纹，也有说寄寓了先民对于生殖图腾的崇拜。今天，人类已经无法创造出马家窑彩陶这样无拘无束的艺术了。

美和文明都是相对而言。高原环境里的格桑花，冲击力源于其与粗粝的环境相冲突的楚楚可怜。漂亮的姑娘是不是生在江南？美丽的花朵是不是都长在肥美的土壤里？眼见为实。江南水土虽好，风华绝代的江南女子并不多见。相反，北方由于民族成分多样化，美女的成材率反而高。这也合乎生物学进化规律：单一物种，最终都会减产、衰退，人种进化同此理。民间流传的盛产美人的地方，比如陕西米脂、山西大同以及中原某些地方，历史上都属于南北中外民族交往频繁地带。做过都城的城市，比如杭州、南京、西安、洛阳、大同、北京，容易出美女，也是因为聚集了众多人种的缘故。

没想到，在民族成分多样化的西北，不仅姑娘长得好，花儿也生得美。土壤贫瘠的大西北，花儿不开则已，一开竟是花魁之姿，比如牡丹。西北人家的房前屋后喜欢种牡丹。牡丹是花魁，被誉为国色天香。玫瑰也是花王，娇滴滴的玫瑰在甘肃和新疆竟成了经济作物，许多地方大面积地种植，或观赏，或食用，或淬炼香精花油。若干年前，有朋友从新疆带回玫瑰干花，说可以食用。觉得特别意外，玫瑰难道不是生在富贵温柔乡吗？植物确实远比我们预料的坚强。这瓶玫瑰干花一直放在桌上，直到今天。

说起花儿，想起花儿。后面这个花儿，是西北特有的民歌。西北民歌，大众知名度高的，除了信天游，就是花儿。信天游和花儿都发源于沟川交通不便之所。男人和女人隔着山，隔着沟，扯开嗓子对话，所以调门通常很高，歌词也热辣，大约时间和自然环境都不允许一叹三回慢悠悠地抒情。其中，信天游主要流播区域在陕北，所以称陕北信天游。花儿则再往西往北，发源地是甘肃临夏，在甘、青、宁三省区各族都流行，且有流派，比如河湟花儿、青海花儿等等。不管划成多少流派，作为民歌的花儿，在歌词里都把美丽的少女比作花儿。所以，民歌花儿还有一个浪漫的名字，叫"少年"。对了，苏联有首民歌就叫《花儿与少年》。不同国家不同民族的人，抒情方式竟能如此相似。

"红嘴鸦落的了一（呀）河滩，咕噜雁落在了草滩；拔草的尕妹妹坐（耶）塄坎，活像似才开的牡丹。"牡丹，是花儿里露面频率最高的词汇之一。花儿唱得好的女性，民间也称其为牡丹，白牡丹、黑牡丹……总之，到了牡丹，就是极致了，就是女神了。

第一次听到真切的花儿，是在柯杨先生的民间文学课堂上。民间文学界大咖柯杨先生，当时正是盛年，刚刚做中文系主任，风度极好，口才也极好。授课的诸多先生中，来蹭柯先生的课的外系学生最多。如今想来，柯先生可真是个妙人儿，极为儒雅，却又天真可亲，各种唱曲戏词烂熟于心，课堂上会随口吟唱。柯先生漫的花儿，是学院派对花儿的整理。对，西北人管唱花儿叫漫花儿。我听过的真正野味儿的花儿，也是三十年前在兰州读书时。三十年前的兰州很安静，沿黄河有一条长长的情人道。情侣没见几个，反倒是团团伙伙的青年学生一有空就去黄河边，捡捡石头，看看黄河里漂流的羊皮筏子。黄河石有特点，至今，我的书架上还留着一块。到了晚上，连羊皮筏子也少见了，中山桥上大半天都见不到一辆汽车。这个时候，整个城市都睡着了。突然，从对面的北塔山上传出一声高亢的男声，那个劲儿既放松，又粗暴，毫不怯场，悠悠闲闲地完成这一场独唱。临到末了，歌词一句也没听懂。唱歌的人长什么样，在干什么，黄河对面黑漆漆，看不见。隔着黄河，我们是完全被声音本身吸引。现在因为工作关系听过各种花儿，从技术上讲，肯定是现在听到的更漂亮，但场景不对了，饭桌上也好，舞台上也好，本来都不是花儿的原生地，所以，这些花儿都没有让我的听觉恢复到从前的满足。生在土里的花儿大约要回到土里，才更像样。

关于格桑花到底是不是波斯菊的争议还在继续。有人说，波斯菊不是格桑花，波斯菊又名大波斯菊、秋英，学名 Cosmos，希腊文原意有宇宙、和谐、秩序、名誉、善行等正面意义。原产美洲墨西哥，系一年生或多年生草本，通常高 1—2 米。欧洲是它的第二故乡，在哥伦布发现美洲大陆之后，船员们采下种子，带回欧洲栽种，由于它长得美，又容易栽培，很快地从花园伸向郊野、山林，在欧洲大陆落地生根。英国人务实，藤本植物和草本植物好种，也好看，是庭院里的主角。这个逻辑，我信。

那它什么时候到达青藏高原？爆料者说，波斯菊进藏，与驻藏帮办大臣张荫棠有关系。这个张大人1906年受光绪皇帝任命，以副都统之身领驻藏帮办大臣之任入藏。当时，西藏各地政令多出，危机重重。张荫棠是实干家，入藏后严厉查办腐败的吏治兵制，极力进行整顿，并亲自起草上奏了"治藏十九条"。他的思想和做法得到了朝廷和西藏地方政府以及僧俗民众的赞赏。相传张荫棠爱花成癖，进藏时带来了一包波斯菊种子，分别赠送给了当时的权贵和僧人，撒播在寺院和僧俗官员的庭院。这种花生命力极强，自踏上这片高天阔土，就迅速传遍西藏各地。西藏人因此称之为张大人花。

这个花的寓意，与格桑花一样，都有美好之意。这大概也是容易混淆的原因。真正的格桑花也叫翠菊，与波斯菊不同，是重瓣花。

从古至今，植物在流传中，早已渗进了彼此的根脉，哪里还分得出原初的基因。叫格桑花，还是叫波斯菊，还是叫大波斯菊，现在看来并不重要。重要的是，这种美丽且生命力极强的花，会在高原上安下自己的家，能从东海岸一直走到西海岸。

2015 年春天，时隔二十多年，在北京再见面时，82 岁的柯杨先生依然长身玉立，谈笑风生，说着说着，竟然又漫起了花儿。这晚的记忆永久地保留在视频里了。

（原载《雨花》2019 年第 2 期）

11

北京的树

◎肖复兴

老北京以前胡同和大街上没有树，树都在皇家的园林、寺庙或私家的花园里。故宫御花园里有号称北京龙爪槐之最的"蟠龙槐"，孔庙大成殿前尊称"触奸柏"的老柏树，潭柘寺里明代从印度移来的婆罗树，颐和园里的老玉兰树……以至于天坛里那些众多的参天古树，莫不过如此。清诗里说：前门辇路黄沙软，绿杨垂柳马缨花。那样街头有树的情景是极个别的，甚至我怀疑那仅仅是演绎。

北京有了街树，应该是民国初期朱启钤当政时引进了德国槐之后的事情。那之前，除了皇家园林，四合院里也是讲究种树的，大的院子里，可以种枣树、槐树、榆树、紫白丁香或西府海棠，再小的院子里，一般也要有一棵石榴树，老北京有民谚：天棚鱼缸石榴树，先生肥狗胖丫头。这是老北京四合院里必不可少的硬件。但是，老北京的院子里，是不会种松树柏树的，认为那是坟地里的树；也不会种柳树或杨树，认为杨柳不成材。所以，如果现在你到了四合院里看见这几类树，都是后栽上的，年头不会太长。

如今，到北京来，想看到真正的老树，除了皇家园林或古寺，就要到硕果仅存的老四合院了。

在南半截胡同的绍兴会馆里，还能够看到当年鲁迅先生住的补树书屋前那棵老槐树。那时，鲁迅写东西写累了，常摇着蒲扇到那棵槐树下乘凉，"从密叶缝里看那一点一点的青天，晚出的槐蚕又每每冰冷地落在头颈上"（《呐喊》自序）。那棵槐树现在还是虬干苍劲，枝叶参天，起码有一百多岁了。

在上斜街金井胡同的吴兴会馆里，还能够看到当年沈家本先生住在这里就有的那棵老皂荚树，两人怀抱才抱得过来，真粗，树皮皱裂如沟壑纵横，枝干遒劲似龙蛇腾空而舞的样子，让人想起沈家本本人，这位清末维新变法中的修律大臣，我国法学奠基者的形象，和这棵皂荚树的形象是那样吻合。据说，在整个北京城，这么又粗又老的皂荚树屈指可数。

在陕西巷的榆树大院，还能够看到一棵老榆树。当年，赛金花盖的怡香院，就在这棵老榆树前面，就是陈宗藩在《燕都丛考》里说"自石头胡同而西曰陕西巷榆树大院，光绪庚子时，名妓赛金花张艳帜于是"的地方。之所以叫榆树大院，就因为有这棵老榆树，现在，站在当年赛金花住的房子的后窗前，还可以清晰地看到那榆树满树的绿叶葱茏，比赛金花青春常在，仪态万千。

西河沿192号，是原来的莆仙会馆，尽管早已经变成了大杂院，后搭建起的小房如蘑菇丛生，但院子里有棵老黑枣树，一直没舍得砍掉。在北京的四合院里，种马牙枣的枣树，有很多，但种这种黑枣树的很少。那年夏天，我专门到那里看它，它正开着一树的小黄花，落了一地的小黄花，真的是漂亮。当然，我说的是十多年前的事情了。

尽管山西街如今拆得仅剩下盲肠一段，但甲十三号的荀慧生故居还在。当年，荀慧生买下这座院子，自己特别喜欢种果树，亲手种有苹果、柿子、枣树、海棠、红果多株。到果子熟了的时候，会分送给梅兰芳等人。唯独那柿子熟透了不摘，一直到数九寒冬，来了客人，用竹梢头从树枝头打下邦邦硬的柿子，请客人带冰碴儿吃下，老北京人管这叫作"喝了蜜"。如今，院子里只剩下两棵树，一棵便是曾经结下无数次"喝了蜜"的柿子树，一棵是枣树。去年秋天，我去那里，大门紧锁，进不去院子，在门外看不见那棵柿子树，只看见枣树的枝条伸出墙头，枣星星点点，结得挺多的。老街坊告诉我，前两天，刚打过一次枣。

离荀慧生故居不远的西草厂街88号的萧长华的故居里，也有一株枣树，比荀慧生院子的枣树年头还长。同荀慧生爱种果树一样，这棵枣树是萧长华先生亲手种的。

在北京四合院里，好像只有枣树有着这样强烈的生命力。因此，在北京的四合院里，枣树是种得最多的树种。小时候我住的四合院里，有三株老枣树，据说是前清时候就有的树，别看树龄很老，每年结出的枣依然很多，很甜。所谓青春依旧，在院子里树木中，大概独数枣树了。我们大院的那三株老枣树，起码活了一百多年，如果不是为了后来人们的住房改造砍掉了它们，起码现在还可以活着。如今，我们的大院拆迁之后建起了崭新的院落，灰瓦红柱绿窗，很漂亮，不过，没有那三株老枣树，院子的沧桑历史感，怎么也找不到了。

如今，北京城的绿化越来越漂亮，无论街道两侧，还是小区四围，种植的树木品种越来越名目繁多，却很少见到种枣树的。人们对于树木的价值需求和审美标准，就这样发生着变化。老北京四合院的枣树，在这样被遗忘的失落中，便越发成为过往岁月里一种有些怅惘的回忆。

在我所见的这些树木中，最容易活的树是紫叶李，最难活的是合欢树，亦即前面所引清诗里说的马缨花。十多年前的夏天，我的孩子买房子时，看中的便是小区里有一片合欢树，满眼毛茸茸绯红色的花朵，看得人赏心悦目。如今，那一片合欢树，只剩下六株苟延残喘。记得我读小学的时候，离我家不远通往长安街的一条大道两侧，种满合欢树，夏天一街茸茸粉花，云彩一般浮动在街的上空，在我的记忆里，是全北京城最漂亮的一条街了。可惜，如今那条街上，已经一株合欢树也没有了。

在离宣武门不远的校场口头条，那是一条很闹中取静的小胡同，在这条胡同的 47 号，是学者也是我们汇文中学的老学长吴晓铃先生的家。他家的小院里，有两株老合欢树，不知道如今是否还活着。那年，我特意去那里，不是为拜访吴先生，因为吴先生已经仙逝，而是为看那两株合欢树。合欢树长得很高，探出墙外，毛茸茸的花影，斑斑点点地正辉映大门上一副吴先生手书的金文体的门联"弘文世无匹，大器善为师"。那花和这字，才如剑鞘相配，相得益彰。如诗如画，世上无匹。

　　曾经有一段时间，我着了迷一般，像一个胡同串子，到处寻找老院子里硕果仅存的老树。都说树有年轮，树的历史最能见证北京四合院沧桑的历史。树的枝叶花朵和果实，最能见证北京四合院缤纷的生命。尤其是那些已经越来越少的老树，是老四合院的活化石。老院不会说话，老屋不会说话，迎风抖动的满树的树叶会说话呀。记得写过北京四合院专著的邓云乡先生，有一章专门写"四合院的花木"。他格外注重四合院的花木，曾经打过这样一个比方，说京都十分春色，四合院的树占去了五分。他还说："如果没有一树盛开的海棠，榆叶梅，丁香……又如何能显示四合院中无边的春色呢？"

　　十多年过去了，曾经访过的那么多老树，说老实话，给我印象最深的，还都不是上述的那些树，而是一棵杜梨树。

那是十二年前的夏天，我是在紧靠着前门楼子的长巷上头条的湖北会馆里，看到的这棵杜梨树，枝叶参天，高出院墙好多，密密的叶子摇晃着天空浮起一片浓郁的绿云，春天的时候，它会开满一树白白的花朵，煞是明亮照眼。虽然，在它的四周盖起了好多小厨房，本来轩豁的院子显得很狭窄，但人们还是给它留下了足够宽敞的空间。我知道，人口的膨胀，住房的困难，好多院子的那些好树和老树，都被无奈地砍掉，盖起了房子。前些年，刘恒的小说《贫嘴张大民的幸福生活》，被改成电影，英文的名字译作《屋子里的树》，是讲没有舍得把院子的树砍掉，盖房子时把树盖进房子里面了。因此，可以看出湖北会馆里的人们没有把这棵杜梨树砍掉盖房子，是很不容易的事情，也是值得尊敬的事情。

那天，很巧，从杜梨树前的一间小屋里，走出来一位老太太，正是种这棵杜梨树的主人。她告诉我已经87岁，不到十岁搬进这院子来的时候，她种下了这棵杜梨树。也就是说，这棵梨树有将近80年的历史了。

那位老太太让我难忘，还在于她对我讲过这样一段话。是那天我对她说您就不盼着拆迁住进楼房里去？起码楼里有空调，这夏天住在这大杂院里，多热呀！她瞥瞥我，对我说：你没住过四合院？然后，她指指那棵杜梨树，又说，哪个四合院里没有树？一棵树有多少树叶？有多少树叶就有多少把扇子。只要有风，每一片树叶都把风给你扇过来了。老太太的这番话，我一直记得，我觉得她说得特别好。住在四合院里，晚上坐在院子里的大树下乘凉，真的是每一片树叶都像是一把扇子，把小凉风给你吹了过来，自然风和空调里制造出来的风不一样。

日子过得飞快，十二年过去了。这十二年里，偶尔，我路过那里，每次都忍不住会想起那位老太太。那棵杜梨树已经不在了，我却希望老太太还能健在。如果在，她今年99岁，虚岁就整一百岁了。

（原载《文汇报》2017 年 8 月 31 日）

12

南村的树叶

◎陆春祥

我们从陶宗仪和杨维桢唱和的诗作中可以读出，他们的生活，还是有不小的距离：

移家正在小斜川，新买黄牛学种田。奏赋不骑沙苑马，怀归长梦浙江船。窗浮爽气青山近，书染凉阴绿树圆。乐岁未教瓶为粟，全资芋栗应宾筵。(《南村诗集》卷三《次韵签字杨廉夫先生》)

我刚搬来这地方不久，牛也新买，此地有山有水，有树有绿，空气新鲜，是个长久宜居之地，这是我农居生活的开始，前几天刚学会了种田，我还要开垦更多的田地，多种谷物和粟米，多种水果蔬菜，朋友们来了，开轩面场圃，把酒话桑麻。陶诗的场景，似乎一下子让我们进入了渊明先生的南山。现在，让我们将目光聚焦于他的后半生，那个让他心安身安的南村。

一

南村在什么地方呢？南村就在今天上海的松江泗泾镇。

古松江府是上海的根，文化之根，地理之根，上海古代历史的发源地。元以前的松江，要么属扬州、苏州，要么属秀州（嘉兴），一直到元至元十五年（1278），松江府才独立，下辖上海县、华亭县。

陶宗仪的父亲陶煜，做过松江府的典史，应该说，在父亲为官期间，陶宗仪就和松江发生了联系，儿子到老子任职的地方游玩或者居住，在古代是再正常不过的事情了，唐朝的段成式，前

117

半生就随老爹任职，长期居住在成都。而且，他的夫人费元珍就是松江人，因此，陶宗仪长长的生命历程中，注定有一大半时间要在松江度过。

元至正十五年（1355）前后，中年陶宗仪迁居到刚升格不久的松江府，开始并不在南村，而是在一个叫贞溪的地方。这有他这一时期写的诗和文为证，诗为：浙右园池不多数，曹氏经营最云古。我昔避兵贞溪头，杖屦寻常造园所（《南村诗集》卷一《曹氏园池行》）。文为：至正丙申间，避地云间，每谈朝廷典故，因及此（《南村辍耕录》卷二《端本堂》）。贞溪其实是松江下属的一个镇，当时有许多文人雅士居住，费元珍的外婆管道昇，就出生在那里，因此，有亲戚或者有熟人的地方，总是移民的第一方向。

不过呢，宗仪在贞溪只是短暂居住，大约一两年工夫，随后，他就迁到泗泾，淞城之北，泗水之南，诸生替他买地结庐，遂居以老。

二

陶宗仪心中一直追着陶渊明、陶弘景，当他发现，泗泾这地方，就是他梦想中的家园时，他就将他的居住地取名为南村草堂。陶宗仪的南村生活，许多名人笔下都有不同程度的描述，陶宗仪有个叫沈铉的学生，他在《南村草堂记》中，比较详细地记载了南村和陶宗仪的南村隐居生活。

泗泾这地方，只有几个小村落，但因为有了陶先生的南村草堂，名声越来越大。

"泗水水深林茂，野水纵横"（《松江府志》），百姓都以农桑为主业，田里种着大片的水稻，那些田沟和水道两旁间，成片的络麻和桑树，绿意盎然，草房和瓦屋相杂，鸡声犬声相闻，古道弯弯，水流淙淙，村中古树如抱，浓荫遮蔽。农忙时，田地间人声牛声嘈杂；闲暇时，大树下，田地头，白头老翁在和孩童讲古论今，村人们频繁互相来往，你来我家喝酒，我去他家饮茶，逢过年过节，热闹场面更加。在这样的地方，陶先生的生活过得有声有色，他的生活其实比别人更踏实，因为他有许多弟子，可以让自己的思想充分释放。他还有许多的朋友，那些朋友，心性和品格都和他一样，来来往往，为我们这里增添不少风光。他不仅要身体力行劳作，还有很多的诗要写，很多的文要做，他就像他的先祖渊明先生一样，安贫乐道，品行高雅，令人尊敬。

沈同学说，他家贫穷，且年纪又小，但陶先生不嫌弃他。在南村草堂，他们一群同学，和陶先生一起，度过了非常快乐的长久时光。

清代的厉鹗，他曾经看过王蒙为陶宗仪画的《南村图》，很有感触，赋诗云：

陶公至正末，养素栖田园。自号小栗里，旷然脱尘樊。文敏之外孙，画迹可晤言。檐端机山秀，篱下谷水源。著书自抱瓮，为农常叩盆。修修疏竹里，欲往造其门。

为什么自号"小栗里"？因为陶渊明的居所叫"栗里"。这样好了，不仅有了南村草堂，还有了栗里，只是要谦虚一点，加"小"吧。加了"小"，就是一种对先辈的崇敬态度，其实，南村草堂规模未必小。

南村草堂，都有哪些建筑呢？

有秋声馆。是专门诵读欧阳修的《秋声赋》的房间吗？或者，在这里，可以听秋日的虫语，蟋蟀鸣叫？

有袯襫（bó shì）所。字看着复杂，读来却颇有意思，"博士"所，像个高级研究机构呀，其实，就是专门放蓑衣的房间嘛，不是一件，是数件，厚的，薄的，冬季夏季，都要穿的。

瓮牖。这个也好理解，专门放各种各样的罐子，放茶叶，藏粮食，木窗子开得大大的，通风透气，长期保存。

朝光书室。夜幕降临，劳作了一天，但不读几页，不写几句，就是睡不好，嗯，省油灯点上，至少亮它一个时辰。而农闲时光，这间书房，就是陶宗仪的天堂，晨光初映，阳光照着墨迹未干的纸，那些字，一下子就在陶宗仪面前跃动起来。

我细看明代杜琼的《南村别墅图》长卷，这是一个更广阔的南村，里面还有不少新建筑：

闿（kǎi）杨楼。看门前挺拔的杨树吗？还是用杨树制成的屋子？

鹤台。一两只，三五只，或者更多成群，鹤们也如屋主人一样，过着散逸闲适的野日子，阔大的天地，随处都可以自由翱翔。

罗姑洞。一个传说,一个故事,或许,这里藏着主人年轻时的一段梦想,这个洞里,可以打坐、修行,整理自己杂乱的思绪。

来青轩。泗水流呀流,流进长江不回头,青鸟飞呀飞,鸟来鸟去水自流。

竹主居。这就是主屋啦,或者正堂,用粗竹做梁做柱,用竹片竹条当墙,用竹丝编椅织床,用竹梢藤蔓围成院,冬暖夏凉,会客,授徒,一切都自由得很,那厨里的菜自己端吧,酒自己去瓮牖找吧,陈酒新酒都有。来了,呵,欢迎;走了,好,不送。

明初的孙作,他在替陶宗仪《南村辍耕录》写的序言中,记载了宗仪在南村的耕读生涯:

余友天台陶君九成,避兵三吴间,有田一廛,家于松南。作劳之暇,每以笔墨自随,时时辍耕,休于树阴,抱膝而叹,鼓腹而歌。遇事肯綮,摘叶书之,贮一破盎,去则埋于树根,人莫测焉。为是者十载,遂累盎至十数。一日,尽发其藏,俾门人小子萃而录之,得凡若干条,合三十卷,题曰《南村辍耕录》。上兼六经百家之旨，下及稗官小史之谈，昔之所未考，今之所未闻。

而王袆的《赠南村先生序》中，则显示出陶宗仪耕读生活的一派惬意：

有田数亩，屋数楹，种艺暇，讲授生徒，其志愉愉也。秋稼既登，天旷日晶，或跨青犍，步稳于马，纵其所之。川原上下，潦雨新霁，汀树丛翠，或跣白足，濯于清波，仰视飞鸥，载笑载歌。好事者每见之，辄图状相传，莫不慕其高致。先生自是益韬真养素，闭房著述。

这个南村草堂，良田并不多，但也足够吃了，应该还有不少地可种菜种花的。而草堂的周边，更有广阔的田野，或者大片的草地，骑牛骑马，可以纵横驰骋，关键是，还有河或者江，清波荡漾，劳作过后，将一双泥脚伸进清波中，再抬头望着天空，几只海鸟正上下翻飞，这是怎样的一种场景？画画的人见了，写诗的人见了，眼睛都睁得圆圆的，如此闲适的人和景，赶紧画，赶紧吟咏！

陶宗仪不是一般的农人，他是隐居于此的高士、大儒，即便出门劳作，他也都随时带着笔墨，辍，就是停下来歇息，为什么要停下来？因为，身子虽然在劳作，脑子却依然在高速运转，眼前的某事某物，实然搅动了他大量储存的知识积累，一个观点随之成形，那赶紧停下来吧，到地边上的树荫旁，摘叶书之。

三

这是什么叶呢？我极度好奇，查了不少书，问了不少人，都说没见过。台州路桥区峰江街道的南山上，陶宗仪端坐着，紧衣短袍，炯目长须，眼望前方，右手一管笔，左手握着一张宽大的树叶，这叶子还有柄，有点像夏天的扇子，积叶成篇，大家都知道，只是，什么叶，没有人知道。

去年我去西安，登大雁塔，那上面有一页唐朝的贝叶经，很珍贵。以前的僧人，有用贝叶书写经文的，世界上现存贝叶经最多的地方就是西藏，大约有六万页。贝叶是什么叶呢？有人说是菩提树，有人说是贝多罗树，但大部分人认为，就是我们常见的贝叶棕，那叶子宽大，可以做扇子，经过处理，上面可以写字，可以保存数百年。

而根据孙作的描述，陶宗仪的树叶，随意得很，并不是事先就准备好的，随时坐下来，随手摘下树叶。七百多年前的松江田野，那里会长着什么树呢？一般也不外乎樟树、枫树，梧桐树应该也有，"凤凰鸣矣，于彼高岗。梧桐生矣，于彼朝阳"（《诗经·大雅·卷阿》）。樟树叶显然太窄，枫叶，梧桐叶，都有可能，但都写不了几个字。

徐卫华，台州市的陶宗仪研究专家，他一直在台州的政府部门工作，老家黄岩，陶宗仪的同乡，我和他聊陶宗仪，他说刚刚写完20万字关于《书史会要》美学成就的书，他认为，《书史会要》是陶宗仪在笔记以外的另一部重要著作，在中国书法史上具有重要价值。我问他那片树叶到底是什么树，他说没有想过，但他强调，陶宗仪的笔记肯定有些是写在树叶上的，他说有可能是桑树。这提醒了我，南村草堂周边的田野上，桑树应该成垄成片，宽大的桑树叶子，柔软也有韧性，不容易破，写上几十个字，应该没问题，而且，干了的桑树叶，发白，可保存。

南村的田野上，于是就经常会出现一个有趣的场景了，一个不那么壮实的中年人，劳动了一半，突然就停下来，他走到大树旁，有时会两手抱胸斜着腿跷着，有时会靠着树大声吼上几声，唱几句歌词，有时会摘上几张阔树叶，蹲在树旁，急速地在树叶上写着什么，写完，将树叶放在一个破陶罐里，再站起身来，四顾一下周边，确定没有什么人，然后，他将陶罐密封好，在树根下埋起来。而这种普通又神秘的生活，一直持续了数十年，积满了数十个陶罐，直到有一天，他让门生将陶罐打开，细细整理成段成篇成卷。

其实，陶宗仪写《南村辍耕录》，早在隐居南村前就开始了，一直持续二十多年才完成。不过，积叶成书的故事，一定发生过，也一定发生在陶宗仪隐居南村的前期。

四

蒋志明，是位博士，文化学者，当过上海金山区的教育局长，现为上海现代国际教育研究院院长。蒋教授主要研究南北朝时的著名文学家顾野王，近年也研究杨维桢、陶宗仪，他去过陶宗仪的故乡台州路桥区下陶村，他去寻找陶宗仪出生和成长地的资料。

蒋先生发我一本年代已久的《亭林镇志》，上有杨维桢、陶宗仪等介绍，陶宗仪条下有这么几句："元末兵乱，避乱隐居亭林（后陶宅为同善堂，今为复兴东路106号古松园），家境清寒，以教授自给。陶与杨维桢比邻而居，切磋诗文，交往甚密。"而我在网上淘到一本1986年版上海市松江县地方史志编纂委员会编的内部杂志《松江风物》，杂志说陶宗仪初居亭林的时间应该在1340年前后。我相信这个时间，因为这个时候，陶爸在此任职，陶宗仪极有可能跟着居住于此，不过，还不算隐居。

从亭林志上可知，陶家老宅，就是今天的古松园，清代顾家曾建造同善堂。

这就是说，陶宗仪隐居南村，还是后来的事，先前是住在他自己的家里，蒋志明先生认为，陶宗仪迁南村，应该是在明洪武二年（1369）。华亭县的亭林，离南村也就几十里，陶爸在州政府任职，完全有可能买地建房。而元末明初，松江一带，因为杨维桢、陶宗仪等名流的到来，文学风气开始浓厚，蒋志明先生认为：元末，浙西出现了一批地方豪富，崇尚儒雅，延师训子，居住在松江府华亭县吕巷的"璜溪吕氏"即是其中一个代表，吕氏家族中，有"淞上田文"之称的吕良佐，曾以重金聘请杨维桢等私塾教授，并出资举办"应奎文会"，以振兴日益颓废的文风。吕巷就在亭林的边上，这样的活动，陶宗仪肯定喜欢。而因为共同的志向和爱好，杨维桢和陶宗仪经常在一起聚会，合情合理。于是，在杨维桢六十岁生日的时候，大家酒足饭饱后，在陶家院子里栽罗汉松纪念，寓年长寿，坚贞。

古松是历史，更是风景。从上海市区去亭林镇，五十多公里，方便得很。古松园在镇子的东边，1986 年建成开放，占地面积 525 平方米，内有曲廊、望松亭、松风草堂、假山，主角自然是古松了，这松又叫铁崖松，上海市的古树名木。面前的铁崖松，用石栏围砌，围着松转了几圈，看到古松就想到栽树人，栽的过程中，杨维桢的仙风道骨形象不断浮现，虽经 665 年的风霜雨雪，只剩半株树干，但依然挺拔，高 7.2 米，胸径 89 厘米，胸围 2.8 米，树冠达 4.8 米，它以四季的郁郁葱葱，证明着自己和杨维桢一样，活力蓬勃。

五

虽然生活依然拮据，但陶宗仪完全沉浸在他的南村生活中，多次拒绝明朝政府聘用，一边劳作，一边授徒，一边诗文写作，继完成《南村辍耕录》后，他又完成了关于书法史方面的《书史会要》十卷，《南村诗集》四卷，一百余卷的笔记《说郛》。

其实，人年纪越长，越会思念往日的时光，明洪武二十年（1387）中秋夜，已经76岁的陶宗仪，遥望南村明月，写下了《丙寅中秋》，感怀久居他乡而不得归的伤感旅羁：

云开天宇洁，玉露滴琪林。静对中秋月，偏伤故国心。半生常作客，此夕一沾襟。弟妹书难得，穷愁老转深。

这个年纪作诗，已经没有什么形容和修饰了。天空明月皎洁，一个人静静地坐在草堂前，寒气一阵阵涌来，心也一阵阵透凉，生活依旧困苦，半生漂泊，寒夜孤月，不禁泪涌，思爹思娘，思弟妹思故乡。

明永乐元年（1403）九月十四日，90岁的松江华亭人张文琎去世，张的孙子请已经92岁的陶宗仪写墓志铭。此后，在所有的文献中，我们均找不到陶宗仪的生平轨迹，据此推算，92岁，或者活了更久的陶宗仪，天台陶九成，留下了诸多不朽的诗书文，留下了谜一样的树叶，带着安详离世。

陶的本质是泥土，耄耋老人陶宗仪回归了大地，经过六百多年的大浪淘沙，他和先祖三名陶一样，终于也成了名陶。

（原载《文汇报》2020 年 6 月 13 日）

13

棉花

◎赵建英

这几年，平原上种下了越来越多的棉花。

棉花花开的时候，能听到青蛙远远的叫声。它们一般不去光顾棉花地，因为青蛙喜欢湿润的地方，而棉花喜欢土里的水分越少越好。但是蜥蜴和蛇一点都不在乎。它们时常会自棉棵间游走如飞。看不见倒也罢了，一旦看见，就会被吓个魂飞魄散。人们传说有一种会飞的蛇，是在麦子上飞行的，我却一直没有见过，但愿一生都不要看见。因为蛇在我的眼里，是如此地可怕和恐怖。

在现实里，1984 离我越来越远；但在心灵里，它却越走越近。近到醒里梦里，都会不由自主地喃喃着一个符号：1984、1984……

这一年的春天，久旱无雨。4 月 26 日上午，云开始慢慢地积聚起来，风也渐渐地由小到大，人们原以为会来一场珍贵的春雨，却等来了一场大风和春寒！这场数年不遇的倒春寒狂袭华北平原，那场在太平洋形成的飓风，在经过渤海毫无遮拦的海面之后，肆意妄为地进入平原。东部的黄河三角洲，成为第一个迎接这场东北风的陆地。狂风过后，是一场春天的霜。双重的灾害加害之下，平原好不容易用黄河水灌溉的春地里，那一片片早播的棉花苗毁于一旦！

地里，是白花花的地膜。那些已长出四五个叶瓣的、或者刚刚拱出地表的嫩绿的叶芽呢？

在霜寒漫过的土地上，起起伏伏的地块呈现出触目的苍凉。天上，不时地掠过一片白云，飞过一只鸟儿，春风伶俐地刮着，毫不拖泥带水，将地层的湿意一点一点地带走。人们抢在它的间隙，在刚刚死掉棉花苗的地方，又重新埋下新的种子。

凡是能走动的、能干活的人，都随着寒冷的尾音，陆续地走向旷野。一瞬间，苍白的平原一下子又活了过来，仿佛它经历的不是一场寒流、一次真正的灾难，而是它自己打了个盹，伸了一下懒腰——土地有着多么伟大的承受力！

墙根下的老人呢？已将泡好的种子盛进了口袋里，蹒跚地提着，沿着坑坑洼洼的土路，和孩子们一起重新播种了。他们在年轻人的抱怨声中从容一笑，在他们一生的种地生涯里，哪一个春天不是种上几茬种子？谁能左右老天？在流年的河水里，在风雨的重锤下，人与脚下的土地，一起成为大度的智者，一边是攻守同盟，一边是各自为战。再来接受一样的春旱夏涝冰雹霜冻，来等待一场场小麦扬花大豆爆荚、稻谷飘香棉花盛开。

在黄河水浇灌的土地里，第二茬棉花种下去了。

水是生命之源。1984年，这个道理就成为我们的命脉。那时候人们还不知道在不久的将来，我们就将面临一个严峻的话题——环保与水。但是我知道了水——正在成为悬在乡亲们头上的利剑，没有了水，我们刚刚开始的崭新的生活将不复存在！

——那时黄河还几乎没有发生过断流。我们以为它会像它以往那亘古的生命一样长流不息，直到我们与自己耕种的土地都一同老去，它也依然会奔腾咆哮势如破竹。一茬一茬的庄稼，会在它的浇灌下，我们的生活，会在它的滋润下，在无人的夜里，听着它的涛声，进入甜美的梦乡……

经历会成为生命的蓝本和存在的经验——我从老人们身上看到了这一切！在他们的经历中，引黄灌溉还是一种陌生的现象，只是在 1979 年以后，土地都分给了个人，人们才想着法地让土地打出成倍的粮食，开出白花花的棉花。在古老的职业里，他们接受了一种新鲜的内容，从中又真切地感受到一种实惠。

在平常的劳动中，人们会挖掘出更多的、更有利于自己的和更有意思的形式。这些随时变化的内容，正慢慢渗入人们的生活，不知不觉地改变着乡亲们的意识、思维、现状与心态。乡村舞台——那年春天，十八岁的我身入其中，被大地所淹没，我开始体会它，触摸它，一步一步地接近于这个大舞台的实质。

但是，劳动在汗水中，正沉重地开出花来。

每一天，我在劳动的间隙，会不自觉地抬头望天，那些北飞的大雁，都会在下午时分掠过头顶的天空。它们急急地赶着路，好像晚走一天，它们在遥远东北和远东地区的家园就会被别人侵占。夜里，大雁就休憩在离村庄远一些的麦田里，这里，应该是它们最安全的过夜的地方，并且还有泛青的麦苗可以充饥。大雁的粪便是可以做猪食的上好的饲料，曾经有些年份，村庄里的姑娘媳妇结伴去荒原上、去麦田里捡拾雁粪，回家用水泡胀，再掺上草粉或者野菜，就可以让猪们吃个够。

当第二茬棉花长起来，旷野上几天之间就绿意浓郁，随之而来的高粱、大豆、玉米、谷子、花生们，千千万万的苗儿在暖和的大地上渐次生长起来。

还有那些毛茸茸的小鸡仔，挤在一个苇席圈成的圆筐里，叽叽喳喳地叫个不停。它们被主人从20多里外的村庄里骑车驮来，是赊给汀洲人的。到了收秋以后，家家都有了一些现钱，这些赊鸡人再来讨要。每一年的春天，他们都给汀洲带来叽叽喳喳的快乐和希望。

这个春天似乎刚刚开始，就在布谷鸟的叫声里行将结束。这里是暖温带季风气候，虽然它离渤海如此之近，近到只有方寸之距。特殊的地理位置和特别的气候条件，使这里的春天异常短暂，只有50或者60多天。

春天过去了，接踵而来的，该是酷热的、繁忙的夏天。

棉花的气息穿透了1984年的夏天，弥漫在平原的沟沟坎坎里。

浓郁、苦涩、沉滞、暧昧，棉花的气味如辛辣的调料，将我们的生活调制得五味俱全。

那一年我 18 岁。

透过棉花，我将认识未来依次在生命中出现的东西：朦胧的爱情、失落、离别、死亡、彷徨、噩运、多舛、灾难和快乐。

在时隔 20 年之后，我依然能清晰地回到时光的深处，看一看那一年夏天我的平原我的村落我的乡亲和棉花！

还是一片接一片的棉花。即使平原到了尽头，棉花依然不会罢休。棉花顽强地占据着平原的剖面，比粮食更重要地成为黄河三角洲大地上的主人。

那个年代，经济作物正以越来越大的比重进入社会。在政策调节和利益面前，棉花成为这块土地上最受青睐的作物。

在时间的推移中，作物间的优胜劣汰于无声处交迭进行，没有刀光剑影剑拔弩张，但是就像种树选择榆槐柳杨一样，棉花、大豆、高粱、玉米最终以它们的生存优势牢牢地立足于这片广袤的大地之上。

史书记载，还在春秋战国时期，这里是汪洋大海。那时候黄河早已存在，但是它的频繁改道，像四季换衣一样地变换着它的入海流路，最南曾经夺淮河入海，最北曾经夺海河入海。在淮河与海河近百万平方公里的土地上，黄河随心所欲，来去匆匆。它将昆仑之水送入大海的同时，也将黄土高原搬到了千万里之外。大量的黄河泥沙输入渤海，使海岸的大陆架不堪泥沙淤塞，逼迫海水一步步地退却。河海造陆的过程，岂不是一场你死我活的战争？

矛盾与和谐、战争与胜负，不仅仅是存在于动物与动物、植物与植物之间，同时也生动地体现在自然现象的互相渗透上。

所以，大而化之，人类在地球上、在宇宙中，有多少同类可以相提并论？真的是数不胜数！

炎热的夏天。棉花的虫灾日甚一日。在人与灾害作斗争的历史中，把农药的发明称为一场现代化的战争一点也不过分。不用说那些对环境造成极度破坏的六六六、DDT之类的农药，就是那些我最熟悉的、20世纪80年代初期在黄河三角洲地区推广使用的背负式喷雾器，它们的形象多么像一颗颗炸弹！

在将作物的害虫消灭掉的同时，它们对环境的破坏，几乎与它们对害虫的杀伤有着同样巨大的威力！

我至今记得圆柱体的喷雾器压在脊背上的感受。不堪重负之外，一种杀戮的快感让人欲罢不能，密密麻麻的蚜虫和棉铃虫在农药巨大的杀伤力面前，转眼之间就缩成一团，有的滚落在地上，有的瞬间就失掉了水分，成为干枯的小点点。在不停的喷药中，一些有益的昆虫也被连带伤害。奇怪的是害虫天生具有比益虫更强的变异性和适应性。过不了几天，就会又有一代棉铃虫爬在了棉花上，如果想要杀死它们，最早用的"乐果""敌敌畏"已无济于事，只好改用更具药性的"杀灭菊酯""呋喃丹"之类。

一代代的农药，远远跟不上害虫的变异速度，所以，在我的感觉中，那些年，我们总是被这些讨厌的虫子闹得马不停蹄地去买一种又一种的农药，去喷一遍又一遍的药水。

那些年，害虫与益虫同时锐减，一个一个的生物链正渐渐地断裂，多少年之后，我们终于为自身的行为付出了沉重的代价，但是已经欲罢不能。

这个夏天，多么繁忙、疲惫而欣然。

在许多人的眼里，整个的平原、整个的海岸线和黄河三角洲，全部被浓厚的绿色包裹得密不透风。"春种一粒粟，秋收万颗籽",人们在浪漫的想象与热切的期盼中，伏身于无边无际的旷野。

那一朵朵色彩斑斓的棉花花次第开放。每一天都迎接朝露、晨星和太阳。人们长满厚茧的双手，摩挲婴孩一样地抚过每一棵高粱、每一株棉花，捉掉棉铃虫和它的卵，打掉多余的枝杈、掐去落寞的谎花。

这个夏天，孩子们依然最喜欢去浑浊的河沟里、池塘里洗澡。大人们也喜欢在夜晚或躺或坐在麦秸、菖蒲编的蒲团和苫子上乘凉、聊天。在他们看来，"世界"就是方圆几十里的土地、周围的一圈村庄，顶多再加上60里外的县城和一个被它隶属的叫"东营"的小城市，和这些地方发生的一些故事。他们最牵记的是黄河，凡是从黄河南边过来的人，都会被人追着问"水有多大？""能漫了滩吗？"之类的问题。每一年都会有黄河汛情的消息飞鸟一样地盘旋在平原上，真真假假假假真真。黄河牵着乡亲们的心，让人真实地体会到一种切肤的关心，黄河与我们的命运息息相关。

晚风习习，星星如织。做完一天的活计，吃了母亲做的晚饭，和一两个伙伴来到村外，坐在麦地的畦子上，将布鞋脱了，脚放在灌溉用的水渠里，如果里边有水，会一下子让我有一种无比惬意的感觉。我们时常掐下麦穗，搓出半熟的麦粒，吃得津津有味香美无比。望着迷蒙的夜空，看看灯火如豆的村庄，想一想自己正经历着的真实的生活现状，一种幽幽的、漫漫的伤感会突然涌入心间。用思绪捋一捋现实的景况，那种青涩的迷茫和忧伤啊，深深地流进了夜幕下的旷野和身后的村庄！

1984 年，与我一起长大的平原上的一切，在我茅塞顿开一般的领悟下，在一个如雾如烟一般地憧憬未来的夜晚，一起进入一种拔节的状态。

太阳炽热的光芒里，坦荡的、起伏着的河流与大海的华北平原，正被浓郁的、无边的庄稼缠裹着。在知了的叫声里，在牛们反刍的黑夜里，在蚊蚋嗡嗡的聒噪里，一天一天地向着秋天走去，开始成熟前的冲刺。

人们最重要的劳动，是循着每一条有水的河或水渠，一次一次地灌满喷雾器，然后兑上一定比例的药，喷到棉花棵上。烈日下，所有的劳动都会事半功倍，害虫易死，野草易枯。所以，在庄稼漫长的管理过程中，阳光成为最好的助推剂，除虫、锄草、间苗都适宜在热热的晴天进行。而施肥、打杈、摘棉铃虫，播种胡萝卜、青菜、绿豆、红小豆，则是在雨中或阴雨天里最合适的劳动。

这是一种节奏，旷野上的律动，乡村最原始最永恒的节奏。在夏天，依然需要保持它固有的、千万年不变的节律。夏天的音乐漫过人们的心田，我只感觉到劳动的累顿和乏味，而音乐需要时间和心灵来共同完成对它的理解，在多少年之后，才能听到它的袅袅余音。

平原的、乡村的孩子，能够听到四季乐声的每一个孩子，都会成为乡间的史书。他们的思想、心灵甚至爱情，都会保留着大地最永恒的节奏，从而在他们的有生之年，用全部的心血来聆听大地给他们的每一种幸福或者苦难。乡村成为这些人内心历史的主题，贯穿着整整的一生。他们会在每一种不经意的暗示下，完成冥冥中自我的重塑和应尽的责任。为乡间也好，为父母也罢，总之，他们会努力，在平庸的或不平庸的生命里，将大地的印迹最大化地镌刻在个人的乃至社会的历史册页上，但是在日出日落的劳作中，在浩瀚无边的平原上，我只能用长着厚茧的双手，来触及青春的第一缕霞光，并且无奈地眼看着它渐去渐远！

（原载《唯美1984》，安徽大学出版社2013年版）

14

瓦楞花

◎蒋殊

总是相信，有味的风情在山里，深山。

上个夏季的一天，明明知道有雨，还是与朋友入得太岳山中。地貌是绿的，山路是蜿蜒的，心情是与世隔绝的。隔绝了尘嚣，心就安放在山里，如同少时，与调皮的玩伴游荡在野樱桃树下，耽搁到天黑前行将迷路的日子。

那时候不打伞，裹一个雨披，闻着远处隐约呼儿唤女的声音一路跌撞着向前。等我的那盏灯光，在山中一个小村庄的窑洞里。小小的院子，小小的窑洞，充满天堂般的暖意。推门，爷爷奶奶在，叔叔婶婶在，待嫁的姑姑在。经常是，堂弟堂妹们挤在炕上，闹成一锅粥。他们最愉悦的事，就是期待着哪个孩子挨训，继而挨打。一个哭了，一群笑了。这一天，便欢笑着结束了。

想着，雨便来了，瞬间大起来。泥泞的山路，车子无法前行，停在一户人家门口。

没有院门，三眼窑洞敞在雨中。一个六十多岁的男人闻声，站在门边笑。他不知道，此刻的他站成一道风景，雨帘倾泻而下，朦胧了他憨笑的一张脸。那是少时村中长者的笑，是看到淘气孙儿归家的笑。

不必客套，他闪身，我们冲进屋。

雨落一地，伞在门边，让这个静谧的院子有了声音与颜色。才知道，整个院子只他一人。周边看不到院落，他似这山中唯一的主人。灶台上干干净净，炉火中明明灭灭。

他的妻子不幸因病去了，儿女到县上工作了。他一个人守在这院中，将一应生活用品打理成妻子生前的明净。孩子们会交替回来，吃顿饭；或者像陌生人一样路过，仅仅喝杯茶。

快速喝下他沏好的热茶，身上有了热气。顿顿，他又说：喝杯酒吧，太冷。

几只小小的粗瓷酒杯摆在灶台上，让若隐若现的火苗烘出温度。旧时的暖瓶，旧时的烧水壶，旧时的灶口铁盖……我们，也成了旧时的人。一杯酒入口，暖意热辣辣升腾。

雨在敞开的门外，在隔着玻璃的窗外，由大转小。

此行的目标地，是池上。朋友说，池上是一个村，一个无比美好的村，如今只生活着一位老人。只一位老人的村庄，是什么模样？

作别他的茶酒，作别他，向另一位老人行进。

路途比想象的艰难。车子行走很短一段后就无法前行，地面大小石块剌啦啦划动底盘的声音让司机异常心疼。起先还坚持人车并行，走一段，推一段，后来终于与一块石头相遇。

那块石头霸道地横在本就只能容一辆车通过的路中，不偏不倚。或许是曾经山石滑坡时它被甩在这里，便一天天一年年深深在这道坡上扎了根。人踩过，牛羊踏过，毛驴车压过，然而到今天，汽车却通不过。

凝视良久，对视无语。马达终于在古老的山石前败下阵来，车子缓缓退后，慢慢转身。步行吧。这样的村庄，只有用双腿送上敬仰。

山路泥泞，幸而有碎石防滑。没了车子的拖累，才有心情细细看景。路边，布满层出不穷的野花野草，有些识得，大多陌生。它们自古就默默生长在这山中，无须有人给它们取一个名。

一路上坡。朋友也说不清有几公里路，只说印象很远。后来算算，最多四五公里，但因视线内一路是望不到尽头的坡，便觉漫长。

三只蝴蝶从身边翩然飞过，落在一朵紫色花瓣上。

闻不到花朵的味道，也听不到蝴蝶的心跳，更不知这山中，有多少这样花与蝶的热烈拥抱。

这场景并不陌生，是少时去亲戚家常会遇到的情景。那时候没有地标村标，顺着花，沿着草，从一个村庄走向另一个村庄，靠的完全是大人的引导。只是，走着走着，大人便不在了；走着走着，孩子便走成大人。姨姨家，姑姑家，远房舅舅家，一个个近的远的亲戚，一条条弯的曲的山路，走满少年记忆。

如今，我要以少年的脚步，少年的心情，去探访一位陌生的老人。一位陌生的老人，安然生活在山中。她不知道自己活成风景，吸引着陌生人走近。

大约一个小时后，被花朵与蝴蝶引上一处山顶。视野终于开阔起来。参差不齐的房舍在远处呈现，朋友一指：就是那里！

那是一片花坡，是一片豁然开朗的绿。山坡上，小径上，散落着成片成片的花儿、草儿。房舍连着一处矮矮的山头，上面布满密密的树。

一群羊，散落在树的更远处。

进村的一条路面上，零零乱乱生长着泥泞的苦菜、车前草、毛毛狗草。村庄依傍的山上流动着雨后的云雾，与天相连。望过去，那片房舍有十多个院子，均为土坯。青色的瓦因年久，已经幻化为沧桑的黑。

一处处房舍，依然坚强依偎，坚守着村庄曾经的样子。

越走近，越清晰。一代代人踩出的如水泥般坚硬的那条土路，已经抵不过柔嫩青草的力量。老人的足迹，早已延伸不到这里。那是她从少妇时代走进的村庄，曾走遍角角落落，走过沟沟坎坎，最终却只能止步在老掉的新房里。

新房变老房，少女变老妪。依如旧时的是天空，以及经过村庄的风。朋友的心情比我急切，他匆匆的脚步只向着老人的房舍，边走近边嘀咕：老人家，还在吧？

几处房屋过后，他惊喜地看到老人的居所。果然，院中的房屋尽管也很残破，屋顶却是与别家不一样的红瓦，看得出近年有过修补。粗粗细细长长短短的木材围成院墙，大门是两扇历经风雨且不到一人高的旧门板。院中屋檐下，放置着大大小小的水桶、锅、盆。不必问，那是用来接雨水的，像极了少时院中的风情。

"老人家——，在吗？"跟着声音，我们走向中间唯一有人迹的房屋。透过窗玻璃，一位老人在炕上侧身而睡。听到声音，她翻身招呼："快进来！"

灰色上衣，淡青色头巾，灰色中隐约透出一丝格纹的裤子，腰间一条灰围裙。一个灰色调的老人家，定格在灰色的屋子中。她的领子、袖口、围裙，凌乱着三餐的痕迹。炕上是被褥，枕头，衣物，还有伸手可触的碗筷。地面有限的空间里，挤放着凳子椅子，米面土豆，灶台，以及一口大大的水缸。

"心想事成"几个字，以及四世同堂的儿孙，满满挂在老人的墙上。想给她把东西挪挪，腾出点地方，她却拍着让我们上炕："不用动，没人来。"曾经就是这样的炕头，围坐着像她一样的爷爷奶奶和成群的儿孙。炕上是吵闹的，灶台边是吵闹的，院外是吵闹的，远处的村庄是吵闹的。

那是奶奶极嫌弃的吵啊，她常常举着那把捅火的铁花筷说，快都长大飞走吧。她未料到，儿孙们飞走，是很快的速度。很多年，我家的老院子只剩了奶奶一个人。那一个个无人的白天和漫漫的长夜，她是不是一次次怀念曾经的吵闹？

曾经想问奶奶的话，今天又想问问这位老人家。可是，未及开口，她倒拉了我们的手一遍遍问，从哪里来，到哪里去？多大了，孩子几个？90岁的老人家像极了那几年的奶奶，紧紧挨着好不容易盼回的孙儿，问长，问短。琐琐碎碎的声音，让沉寂的屋子变得生动。

老人也曾跟着儿女，到热闹的村庄生活。可是，孩子们再不是当年炕上围着她不肯散去的孩子们。孩子们各自忙碌，孩子们早出晚归。在热闹中孤独的老人，于是宁愿回来，固守一个人的时光，以及她爱过的村庄。

这是一个安宁静谧的村庄，纯净，明媚；这是一个美好无比的村庄，静美，纯粹。这个村庄之所以让人挂念，是因为还有一个人的烟火。老人用白天的一缕细软炊烟，夜晚的一束暗淡灯光，光明了这个被人遗弃的世外桃源。

离开时，腿脚不灵便的老人执意下炕，拄一根木棍送我们出门。隔着矮矮的院门，老人依依挥手："说了好多话，高兴。"老人的笑容，凝固在风中。

出村时，才细细关注村中风景。凌乱的木材，几乎不再完整的房舍，坍塌的猪圈厕所，残破的平车，曾经欢愉此刻静寂的电线杆，便是这个村庄的全部。那些无人居住的屋顶，瓦楞间，竟生出一丛一丛绚丽的花。

那便是瓦楞花吗？只在孤独中隐秘绽放的花。

这是光阴的结晶，是岁月的沉淀。无人的院落，无人的屋顶，它们在瓦楞间安然生，安然长，安然绽放。这些特别的花有红有白有紫，与花下的藻、斑驳的瓦、瓦楞下依旧在剥落的墙皮，合围成一幅绝美的油画。

这并非为主人盛开的花，绽放出神秘的光芒。回身，老人在远处。我指指屋顶，在空中比划出一捧花。我想，让她来看瓦楞花。

不知道她是不是懂了，看不到她是不是笑了，却看到她的手在空中摆动了。我知道，她走不过来了。

出村，迎面遇到一个牧羊人。羊不在，他拖一把羊铲从小路蹒跚而来。

我知道他是常给予老人帮助的人。他会偶尔从山下老人的儿女手中接过半袋面，或一捆葱，送进老人家门。拦住他的去路，很想聊点什么。他的一双眼竟有些警觉。避不开，便低了头不说话，只将羊铲在泥泞里扭转。

"那是你的羊吗？"

他将目光放到远处树后一群涌动的白里，终于开了口，然而不知是因寂寞的大山中长久无人，还是别的原因，一句两句后便不再吭声。侧身让过，他拖着羊铲走了。远处，老人的身影模糊成一个小黑影，像极了曾经的奶奶。

村庄又裹进绿和雾中，恢复了无声的寂静，那么盈润。

淡出视线的瓦楞花，隐隐约约，安安静静。

（原载《散文百家》202 年第 3 期）

15

馅饼记俗

◎谢冕

在北方，馅饼是一种家常小吃。那年我从南方初到北方，是馅饼留给我关于北方最初的印象。腊月凝冰，冷冽的风无孔不入，夜间街边行走，不免惶乱。恰好路旁一家小馆，灯火依稀，掀开沉重的棉布帘，扑面而来的是冒着油烟的一股热气。但见平底锅里满是热腾腾的冒着油星的馅饼。牛肉大葱、韭菜鸡蛋，皮薄多汁，厚如门钉。外面是天寒地冻，屋里却是春风暖意。刚出锅的馅饼几乎飞溅着油星被端上小桌，就着吃的，可能是一碗炒肝或是一小碗二锅头，呼噜呼噜地几口下去，满身冒汗，寒意顿消，一身暖洋洋。这经历，是我在南方所不曾有的——平易，寻常，有点粗放，却展示一种随意和散淡，充盈着人情味。

我在京城定居数十年，一个地道的南方人慢慢地适应了北方的饮食习惯。其实，北方尤其是北京的口味，比起南方是粗糙的，远谈不上精致。北京人津津乐道的那些名小吃，灌肠、炒肝、卤煮、大烧饼，以及茄丁打卤面，乃至砂锅居的招牌菜砂锅白肉等等，说好听些是豪放，而其实，总带着一股大大咧咧的"做派"。至于许多人引为"经典"的艾窝窝、驴打滚等，也无不带着胡同深处的民间土气。在北方市井，吃食是和劳作后的恢复体能相关的活计，几乎与所谓的优雅无关。当然，宫墙内的岁时大宴也许是另一番景象，它与西直门外骆驼祥子的生活竟有天壤之别。

我这里说到的馅饼，应该是京城引车卖浆者流的日常，是一道充满世俗情调的民间风景。基于此，我认定馅饼的"俗"。但这么说，未免对皇皇京城的餐饮业有点不恭，甚至还有失公平。开头我说了馅饼给我热腾腾的民间暖意，是寒冷的北方留给我的美好记忆。记得也是好久以前，一位来自天津的朋友来看我，我俩一时高兴，决心从北大骑车去十三陵，午后出发，来到昌平城，天黑下来，找不到路，又累又饿，也是路边的一家馅饼店"救"了我们。类似的记忆还有卤煮。那年在天桥看演出，也是夜晚，从西郊乘有轨电车赶到剧场，还早，肚子饿了，昏黄的电石灯下，厚达一尺有余的墩板，摊主从冒着热气的汤锅里捞出大肠和猪肺，咔嚓几刀下去，加汤汁，垫底的是几块浸润的火烧。寒风中囫囵吞下，那飘忽的火苗，那冒着热气的汤碗，竟有一种难言的温暖。

时过境迁，京城一天天地变高变大，也变得越来越时尚了。它甚至让初到的美国人惊呼：这不就是纽约吗？北京周边不断"摊大饼"的结果，是连我这样的老北京也找不到北了，何况是当年吃过馅饼的昌平城？别说是我馋的想吃一盘北京地道的焦熘肉片无处可寻，就连当年夜间路边摊子上冒着油星的馅饼，也是茫然不见！

而事情的转机应当感谢诗人牛汉。前些年牛汉先生住进了小汤山的太阳城公寓，朋友们常去拜望他。老爷子请大家到老年食堂用餐，点的就是城里难得一见的馅饼。

老年公寓的馅饼端上桌，大家齐声叫好。这首先是因为在如今的北京，这道普通的小吃已是罕见之物，众人狭路相逢，不免有如对故人之感。再则，这里的馅饼的确做得好。我不止一次"出席"过牛汉先生的饭局，多半只是简单的几样菜，主食就是一盘刚出锅的馅饼，外加一道北京传统的酸辣汤，均是价廉物美之物。单说那馅饼，的确不同凡响，五花肉馅，肥瘦适当，大葱粗如萝卜，来自山东寿光，大馅薄皮，外焦里嫩，足有近寸厚度。佐以整颗的生蒜头，一咬一口油，如同路边野店光景。

这里的馅饼引诱了我们，它满足了我们的怀旧心情。此后，我曾带领几位博士生前往踩点、试吃，发现该店不仅质量稳定，馅饼厚度和味道依旧，且厨艺日见精进。我们有点沉迷，开始频繁地光顾。更多的时候不是为看老诗人，是专访——为的是这里的馅饼。久而久之，到太阳城吃馅饼成了一种不定期的师生聚会的缘由，我们谑称之为"太阳城馅饼会"。

面对着京城里的滔滔红尘，遍地风雅，人们的餐桌从胡同深处纷纷转移到摩天高楼。转移的结果是北京原先的风味顿然消失在时尚之中。那些豪华的食肆，标榜的是什么满汉全席，红楼宴，三国宴，商家们竞相炫奇出招，一会儿是香辣蟹，一会儿是红焖羊肉，变着花样招引食客。中关村一带白领们的味蕾，被这些追逐时髦的商家弄坏了，他们逐渐远离了来自乡土的本色吃食。对此世风，也许是"日久生情"吧，某月某日，我们因与馅饼"喜相逢"而突发奇想，为了声张我们的"馅饼情结"，干脆把事情做大：何不就此举行定期的"馅饼大赛"以正"颓风"！

当然，大赛的参与者都是我们这个小小的圈子中人，他们大都与北大或中关村有关，属于学界中人，教授或者博士等等，亦即大体属于"中关村白领"阶层的人。我们的赛事很单纯，就是比赛谁吃得多。分男女组，列冠亚军，一般均是荣誉的，不设奖金或奖品。我们的规则是只吃馅饼，除了佐餐的蒜头（生吃，按北京市井习惯），以及酸辣汤外，不许吃其他食品，包括消食片之类的，否则即为犯规。大赛不限人种、国界，多半是等到春暖花开时节举行"大典"。大赛是一件盛事，正所谓"莫春者，春服既成"，女士们此日也都是盛装出席，她们几乎一人一件长款旗袍，玉树临风，婀娜多姿，竟是春光满眼。男士为了参赛，嗜酒者，也都敬畏规矩，不敢沾点滴。

我们取得了成功。首届即出手不凡，男组冠军十二个大馅饼，女组冠军十个大馅饼。一位资深教授，一贯严于饮食，竟然一口气六个下肚，荣获"新秀奖"。教授夫人得知大惊失色，急电询问真伪，结果被告知：不是"假新闻"，惊魂始定。遂成一段文坛佳话。一年一场的赛事，接连举行了七八届，声名远播海内外，闻风报名尚待资质审查者不乏包括北大前校长之类的学界俊彦。燕园、中关村一带，大学及研究院、所林立，也是所谓的"谈笑有鸿儒，往来无白丁"的高端去所，好奇者未免疑惑，如此大雅之地，怎容得俗人俗事这般撒野？！答案是，为了"正风俗，知得失"，为了让味觉回到民间的正常，这岂非大雅之举？

写作此文，胸间不时浮现《论语》的侍坐章情景，忆及夫子"喟然叹曰，吾与点也"往事，不觉神往，心中有一种感动。夫子的赞辞鼓舞了我。学人志趣心事，有事关天下兴亡的，也有这样浪漫潇洒的，他的赞辞建立于人生的彻悟中，是深不可究的。有道云，食色性也。可见饮食一事，雅耶？俗耶？不辩自明。可以明断的是，馅饼者，此非与人之情趣与品性无涉之事也。为写此文，沉吟甚久，篇名原拟"馅饼记雅"，询之"杂家"高远东。东不假思索，决然曰：还是"俗"好，更切本意。文遂成。

岁次戊戌、己亥之交。除夕立春，俗谓谢交春，"万年不遇"之遇也。

（原载《文汇报》2019 年 3 月 2 日）

16

执子之手

◎梁鸿鹰

收回我的手，倘若你们伸手相握；如瀑布的迟疑，在倾下时犹迟疑的——我这么饥饿地需要恶。

——［德］尼采：《苏鲁支语录》

手与人有很强的行为构成关系。手作为一个器官，人的任何行为它都难辞其咎，都要负有一些责任。所谓"一手造成"，想必有很深的原因。执行、放弃以及犹疑，手要么难逃其咎，要么首当其冲。不仅如此，手引起的情感连锁反应，往往最强烈。

很久以前，他读过蒋子龙的一篇散文——题目是不是"执子之手"，给忘记了。在这位作家看来，夫妻能够十指相扣，便是最大的幸福。在一个阳光灿烂的周末上午，我们的主人公把车停在北三环一段辅路的人行道旁，坐在车里，调整好观察角度，发现接连有好几对男女十指相扣地迎面走来。那怀着身孕的未来母亲的陶醉，那个与男友低声细语的小女生的羞怯，那位穿着整洁入时的长发姑娘的由衷自豪，点亮了人行道，让人感到人世间的美好。活在这个世界上，人会有多少不顺遂、不如意啊，但无论作为一种表达，还是一种冲动，无论出于习惯，还是出于偶然，"执子之手"，或者有机会能与心爱的人十指相扣地携手，算是修来的福祉与缘分，算得上是一个人在世上最感人的经历之一。

"执子之手"固然是一个举动，更是中国人独有的言说方式，在汉语所有的表达中，"执子之手"这四个字是最有分量的。即使找遍全世界所有语汇，难道还能有别的音节、词语的组合，能够换得比这四个汉字更撼动人心的效果吗？这四个字有种潜在魔力，可以触动感官，令人怦然心动，猝不及防地心有戚戚；这四个字仿佛有本事把依恋、不舍、忘我之意浇注在一起，给人一种混成的、走心刻脑的感动。这四个字的音节、字形、笔画不出众，简简单单、素面朝天，可一旦并置与组合在一起，便会产生难被忽略的意韵。

"执子之手"，这让人无法躲藏的"表达"，时时令他的灵魂返回过往的岁月，思绪飞升于躯体之外，唤回"山河故人"的幽深之感。人的肉身行走于世间，原本赤手空拳，若能"执子之手"，则足够骄傲与自豪，是对抗孤独的获得、安顿与自足。

一

事物的文学背景愈丰富，愈足以温暖陶泽人的心情，对某事物如毫不知道其往昔，则会兴味索然。中外文学中关于手的表达，恰恰构成了手的异常多彩的认知背景。李渔在其《闲情偶寄·声容部》里说："选人选足，每多窄窄金莲；观手观人，绝少纤纤玉指。"这位内心丰富的家伙强调，手之于女性，紧要在"或嫩或柔""或尖或细"。翻检古今中外遗留于世的浩如烟海的文字，你会发现，以写手之特色而令人满意、足以流芳百世的，其实凤毛麟角，好在还有《古诗十九首·青青河畔草》，是这样写手的：

> 青青河畔草，郁郁园中柳。
>
> 盈盈楼上女，皎皎当窗牖。
>
> 娥娥红粉妆，纤纤出素手。

是的，"纤纤出素手"，五个字里仅仅"纤""素""出"，道尽了诗人对美好女性的想象与赞赏，又是"河畔草"，又是"园中柳"，又是"盈盈""皎皎""娥娥"，统统是这三个字的陪衬，着一"手"字风流尽现。

时间一下子回到现代，在小说这个园地里，你再度发现，把手作为题材，写得精彩、流芳于世的，原来也是那样的少。

汪曾祺有个短篇小说名字叫作《陈小手》，如今已成为"小小说"的典范。作品写旧时代有个在乡间专门给人接生的产科男医生，"他的手特别小，比女人的手还小，比一般女人的手还更柔软细嫩"。这医生骑一匹当地并不多见的白马，人称"白马陈小手"。他有一次被叫到庙里，给新近来到当地的一个军阀手下团长难产的姨太太接生。"这太太杀猪似的乱叫，几个女接生婆都弄不下来。因为这女人身上的脂油太多。"陈小手费了九牛二虎之力，总算把孩子"掏出来"了。团长好好招待一顿，给了二十块大洋，但待陈小手上马之后，团长掏出枪来从后面一枪把他打了下来，并且恶狠狠地说："我的女人，怎么能让他摸来摸去！她身上，除了我，任何男人都不许碰！"这只灵巧的"手"，最终引来的是杀身之祸。

对女性的手，茅盾先生在其小说《过年》里有这样的描写：

两三只白嫩的手抢着一束其黄如蜜的腊梅花。老赵的眼光暂时被这两三只手吸住：涂得猩红的指甲像是些红梅，而凸起在水葱般的纤指上的宝石戒指，绿得就跟老赵去年咯血后吐出来的臭痰仿佛，晶光闪灿的又和今天早上老赵的孩子饿慌了挂在眼边的泪珠相似。

著名女作家萧红有个短篇小说叫《手》，这样写手：

在我们的同学中，从来没有见过这样的手：蓝的，黑的，又好像紫的；从指甲一直变色到手腕以上。她初来的几天，我们叫她"怪物"。下课以后大家在地板上跑着也总是绕着她。关于她的手，但也没有一个人去问过。

还有：

我们从来没有看到她哭过，大风在窗外倒拔着杨树的那天，她背向着教室，也背向着我们，对着窗外的大风哭了。那是那些参观的人走了以后的事情，她用那已经开始在褪着色的青手捧着眼泪。

作品写的是20世纪30年代初北方一个染衣匠女儿王亚明的遭际，她憧憬、渴望知识，来到城里读书，是为了学好了可以回去教妹妹，可由于劳作而染成的一双黑手，成为她洗刷不掉的耻辱，使她始终未能融入到学校的生活和学习中去，受尽各种歧视创伤之后，连考试资格都没得到，就被校长无情地赶出了校门。据说这些描写，来自萧红个人的亲身经历。

山西作家赵树理有篇朴实的小说叫《套不住的手》，则透过

一个学生的眼睛写手:

那个学生,一边揉着自己的中指,一边看着陈老人的手,只见那两只手确实和一般人的手不同:手掌好像四方的,指头粗而短,而且每一根指头都展不直,里外都是茧皮,圆圆的指头肚儿都像半个蚕茧上安了个指甲,整个看来真像用树枝做成的小耙子。不过他对这一双手,并不是欣赏而是有点儿鄙视,好像说"那怎么能算'手'哩"。

奥地利作家茨威格《一个女人一生中的二十四小时》,写了一个四十二岁的寡居贵妇,她在蒙特卡洛赌场里看到赌徒各种千变万化的手,手反映着他们的不同情绪:

贪婪者的手抓搔不已,挥霍者的手肌肉松弛,老谋深算的人两手安静,思前虑后的人关节跳弹;百般性格都在抓钱的手势里表露无遗,这一位把钞票揉成一团,那一位神经过敏竟要把它们搓成碎纸,也有人筋疲力尽,双手摊放,一局赌中动静全无。我知道有一句老话:赌博见人品;可是我要说:赌博者的手更能流露心性。因为所有的赌徒，或者说，差不多所有的赌徒，很快就能学到一种本领，会驾驭自己的面部表情——他们都会在衬衣硬领以上挂起一副冷漠的假面，装出一派无动于衷的神色——他们能抑制住嘴角的纹缕，咬紧牙关压下心头的惶乱，镇定的眼神不露显著的急迫，他们能把自己脸上棱棱突暴的筋肉拉平下来，扮成满不在乎的模样，真不愧技术高妙。然而，恰恰因为他们痉挛不已地全力控制面部，不使暴露心意，却正好忘了两只手，更忘了会有人只是观察他们的手，他们强带欢笑的嘴唇和故作镇静的目光所想掩盖的本性，早被别人从手势里全部猜透了。而且，在泄露隐秘上，手的表现最无顾忌。

而她深深着迷的，是一位二十四岁年轻人的双手：

这两只手像被浪潮掀上海滩的水母似的，在绿呢台面上死寂地平躺了一会儿。然后，其中的一只，右边那一只，从指尖开始又慢慢儿倦乏无力地抬起来了，它颤抖着，闪缩了一下，转动了一下，颤颤悠悠，摸索回旋，最后神经震栗地抓起一个筹码，用拇指和食指捏着，迟疑不决地捻着，像是玩弄一个小轮子。忽然，这只手猛一下拱起背部活像一头野豹，接着飞快地一弹，仿佛啐了一口唾沫，把那个一百法郎筹码掷到下注的黑圈里面。那只静卧不动的左手这时如闻警声，马上也惊惶不宁了，它直竖起来，慢慢滑动，真像是在偷偷爬行，挨拢那只瑟瑟发抖、仿佛已被刚才的一掷耗尽了精力的右手，于是，两只手惶惶悚悚地靠在一处，两只肘腕在台面上无声地连连碰击，恰像上下牙打寒战一样——我没有，从来还没有，见到过一双能这样传达表情的手，能用这么一种痉挛的方式表露激动与紧张。

在这双手的牵引诱惑之下，女主人公与这个浪荡子度过了一生中充满激情、悲伤与挣扎的二十四小时，蕴含的社会生活内容非常丰沛。

法国有部电影叫《雷诺阿》，已到垂暮之年的老画家雷诺阿新聘了一个年轻美貌的模特儿，他见到这个女孩，第一个要求就是让对方把两只手伸出来给他看。

二

　　我们主人公的双手大小适中，除了手背覆盖着浓重的汗毛，比例、肤色、形状等看上去完全算得上匀称了。在他早年留下的印象中，妈妈的双手比一般的女性较大——修长而骨感，他的这双手与母亲的手很相像，不像父亲的手那样白嫩而短窄。特别是掌纹，左、中、右三条清晰而富于美感，蜿蜒而不失中规中矩。遇到过那么几回，不同年龄的女性争着翻看他的左右手，过分急切、过分地认真与投入，让他颇感窘迫。她们说话啰里啰唆，除了废话还是废话，用了类似算命行话的词汇，却还是属于聊天，她们把事业、爱情和金钱的运气一股脑搬出来，与他手心上的纹路联系起来，但不同的人有不同的版本。他生平最怕算命，因为他不自信，太当真，太把什么话都留在心里，不管是大同小异的话，还是随口而出的话，别人后来记不得的具体内容，他往往会惦记很久。

　　他的手很容易脏，这经常令他恼火。他老觉得自己的手很难洗干净，洗干净也很容易脏，特别是指甲缝，长得快、爱塞东西、容易变黑。泥垢、脏土是指甲的密友，变着法儿躲到指甲缝里，让指甲缝黑得见不得人。他向来勤快，干活不惜力，手脏得快，洗干净了也不管用；指甲长得也特别快，而且越剪长得越疯狂，剪了没几天，指甲里便又容留了许多深色污垢。有个名人说过，一个人的传记要由他诚实的敌人来写，只有敌人才了解对方的优势和短处，但这个敌人必须诚实，必须能够诉说真相。他指甲缝容易脏，这个真相倒没有谁比他自己知道得更清楚。

女性一旦手美，必定使她的美增加几倍。他不敢肯定，手丑是否一定导致自卑，但手美必会长精神、长志气，从而步伐轻盈、姿态优美，自信心变强。

头一次阅读曹禺先生的剧本《雷雨》时，别的印象都没了，记得最牢的是四凤的手，剧本这样描写四凤：

四凤约有十七八岁，脸上红润，是个健康的少女，她整个的身体都很发育，手很白很大。

四凤的"手"，很白很大，"白"，或因青春期的到来，脂肪开始多起来，性征蓬勃而至；"大"则是体力劳动的结果。恩格斯有句名言："手不仅是劳动器官，它还是劳动的产物。"手作为仆人的安身立命的工具，劳作必使之壮硕与过分发达，家仆主要从事室内劳动，因此依然可以不断地白下去。

握女性的手，对心理冲击大，他握过不少女性的手，但握的最让他难忘的手，是摄影展酒会上一位天津旅德女摄影家的手——柔若无骨、冰滑甜腻，让人想入非非。但这同样是只最无情无义、最急于疏离他人的手，其主人漂亮超群，身材傲然，只需站在那里，就凹凸有致、摇曳生姿。她性格怎样？有什么喜好？是否已经结婚？这些都不重要。你立马会断定她知道自己的美所携带的分量与威力，长相、身段、肤色，令她自以为在任何时候都凛然、傲然、岸然。她脸蛋的完美和身材的出色，使她的手有足够的理由吝啬于男性的触碰。她的摄影集明白无误地告诉人们，这双手曾经造就了不少近乎完美的黑白或彩色照，上面的人体，无论独立、纠缠、无奈，抑或闲适、无聊、沉醉，均精美无比，为超然物外的氛围所笼罩，让人分神。而与她握手的时候，她那双漂亮双眼皮下面的漂亮眼仁似乎并不情愿停留在他脸上，而是急切地向着门口人来人往的方向张望，并莫名其妙地连声说"今天这里太吵了"或者"我今天下午就要回天津了"之类，让人发窘。

女性的手会比男性还男性，这是他没想到的。有次他在一个重要会议的间隙与一位全国非常有名的女作曲家握手，对方的热情与直率让他顿生敬仰之情，但女作曲家那只手之坚硬、粗糙、有力，实在出人意料，让他久久难忘。手与手所产出的东西居然可以有那样大的差距，那些哀婉、缠绵、回味无穷，原来出自如此坚硬不堪的手。是由于早年下乡、长期劳动所致，还是遗传，他无处获知。

爱尔兰作家乔治·莫尔有次遇到一位像其名字一样美丽的法国女人，有着特殊的法国风味，这位颇解风情的少妇经常把手放在莫尔触手可及的地方，惹他多次喃喃而语地赞赏说："多美的手。"而对方总是回答"这双手至少五百年没有干过家务了"。家务确实是手的天敌。我们的主人公在小的时候曾经见到邻居一对年龄相差悬殊的老夫少妻的口角。场景是压水井旁。在塞北的深秋季节，年轻妻子在井边淘洗酸菜，一盆酸菜有烂掉的，有能吃的，白皙的少妻撅着屁股在那里翻拣、淘洗，而丈夫却在唠唠叨叨地阻止，大意是说，拣点破菜发不了财，别给我丢人，赶快回家吧。而妻子红着脸忍耐着，用尽自己的力气不停洗、翻、拣，使着粗糙、发红、无奈的双手，与丈夫默默执拗对抗。少妇到底经历了怎样的困苦与磨炼，双手如何与依然动人的美貌形成强烈对比？他没有找到答案。

一位著名作家及翻译家女儿的手也曾给他强烈冲击。这双手之硕大粗糙与身材之纤细精致形成的对比，恰似穿着之粗疏马虎与相貌之细腻婉约形成的对比。这位昔日的大家闺秀，长期从事文字工作，退休后面对多年抱病卧床的母亲，以及大量亲力亲为的家务，她忘记自己年近七十的高龄，以瘦弱之躯，顶狂风、冒严寒，骑自行车参加聚餐，领取过年补贴。就在她立于一辆老式二八自行车旁，在寒风与沙尘中掏出手套的时候，他才发觉，这位女同事的手大得不成比例——骨骼巨大、关节突出，粗糙、红润、莽撞，好像肿过之后再也无法复原的样子。他想，唯一的原因应该就是辛劳，亲力亲为的体力劳碌使这双手，代替自己的主人，告白生活的真实，倾诉了一切。

医院病房里一位女同事那双依然白嫩纤细的手，曾让他痛且尴尬。在北京大学肿瘤医院一间昏暗狭小的病房里，他试图去握自己第二个工作单位一位女同事精致的手，以表达自己的善意。没想到手被女同事迅速抽回，她虽已病入膏肓，但依然好强，大概无法接受这种在她看来过于显然的同情或怜悯，她像被动物咬到了一样，瞬间将手撤回到一个足够"安全"的距离。她是笔记本的密友，从她的双手，曾经流淌出的如"钢板字"一般规整、划一的文字，到底有多少，谁也不知道。她酷爱记日记，长时间用活页纸不倦地记，记满一年就订成册收藏起来，积累了许多本。但电脑让她戒掉了手写日记的习惯，并且花时间把所有日记一一录入电脑，分门别类地整理得井井有条。这些文字如今安在？会有谁关心写了些什么呢？

把手抽回到被子的女同事声气虚弱地说，千万要把身体搞好啊，没有身体，就什么都没有了。作为一个以工作为唯一乐趣的人，说这话想必百感交集吧。此时，她那双修长细腻、纤细苍白的手，正躲在被子里，无声地作着证。身体和身体上的器官是专门用来出了毛病才被意识到的，它们永远是人的奴隶。比起人的雄心、冲动、欲望，身体上的部件永远站在下风口，是十足的承受者。陈耳导演的《罗曼蒂克消亡史》有个情节，为了给不顺从的谈判者颜色看，黑社会老大卸下了对方姨太太一只风姿绰约的手，当这只手被呈现在人们眼前的时候，依然戴着用以说服的价值不菲的玉镯，他没有想到，这手居然还能那么仪态万方。

三

　　"手足无措"，作为情态与词语同样很奇妙。他自认是这个词不折不扣的实践者与诠释者。因生来腼腆、害羞，小时候经常见了生人面红耳赤、说不出话来。大姑家一位表姐有一次问他，见到陌生人的时候，感觉最难办的事情是什么，他毫不犹豫地说，不知道手该放在哪里！在生人面前，他感到双手插到兜里不好，放在面前碍事儿，背起来更不像话。与人谈话他很紧张，手会添乱；犹豫不决、拿不定主意，手也捣乱。他觉得手里拿个东西会有效缓解紧张，拿上一支笔最管用。上大学时每逢女同学来访，他会与她们边交谈边摆弄钢笔，尽量不凝视对方的脸庞或双眼，他把笔帽拔下来再安上，笔管拧开再拧住，不知什么时候，"修钢笔"的段子不胫而走，男同学间一说他"修钢笔呢"，就说明他宿舍刚刚来过女生。

　　手的痛感很强，大概手上的感觉神经系统极为丰富。其实，别的器官同样如此，只不过没有经历过，痛感不会有。初中时期的"学农"活动中，手曾经成为他身上受害最大的器官。有次搬运砖瓦，他的右手不小心卷进砖瓦与车帮的缝隙间，凶狠、突然的挤压使中指指甲盖当场脱落，在场的女数学老师花容失色，尖声大叫，急出满头汗，心疼得几乎掉下泪来。其实当时并没有痛感，过了几分钟，伴随着血液的到来，疼痛袭来，难以忍受。手的使用率高，很难保持干燥，这个手指经过很久才痊愈、长出新指甲。手伤导致的后果是各种各样的。高中时候，一位中指被锐器划破的同学，为了向严厉的父母掩盖闯下的祸端，把中指紧紧贴在相邻的无名指上，天天如此，就在大家的眼皮底下，两个手指长在了一起，当双方融为一体的时候，倒霉的伙伴再也瞒不过父母，到医院开刀后才分割开来。

人的手会有很多表情吗？女作家周晓枫在《墓衣》一文里曾说，散文家秋子热衷拍摄手，她利用朋友聚会时抓拍，唯特写手，并不选取五官等，周晓枫发现，"被凝固的瞬间，独立的手更具表情：自然率性的，做作扭结的，阴谋的，克制的，颓废的，害羞的，因渴望而喜悦或不安的，那么多的手，在数量和丰富性上都倍于人脸"。

在恩格斯看来，骨节和肌肉的数目和一般排列，在两只手中是相同的，然而即使最低级的野蛮人的手，也能做几百种为任何猿手所模仿不了的动作。没有一只猿手曾经制造过一把哪怕是最粗笨的石刀。恩格斯将之归结为劳动的力量——人经过几十万年的劳动，手获得了自由，而且将这种灵活性遗传下来，一代一代地增加着手的功用和感觉能力等。感觉能力的获得告别了手作为劳作主体的从属地位。这是长期进化中的一个必然，手与人的情感联系起来，使之获得了与表情、语言、目光同等的价值，手会"说话"，手能够表达与探索，是手得到巨大解放的结果。手在满足欲望的过程中，作用越来越大，能力越来越强。英文 finger 一词，既是作为器官的手指，也是指触碰、拨弄、抚摸，可以表达用手指去感觉、探寻乃至满足欲望等意思。在春宵一刻值千金的深夜里醒来，手触枕边人，恰值对方滑润似玉，静如处子，必然激起胸中波澜。中国古人无数次吟咏过这样的场景。同时，手最能传达一个人的意愿。我们的主人公在父亲火化前的追悼仪式上，在与继母并肩而立的时候，隔着大衣的袖子，此生第一次用力握了一下继母的手，传导出自己极度悲伤中的冲动，也注入了太多的意义——悲伤、怜悯、决心以及承诺。重要的是，他马上意识到，对方的呼应非常及时，这个呼应释放和传达出来的信息极为丰厚：惧怕、疑虑、感激以及企求。人的求生本能是第一的，会自然而然流露出来，不用任何刻意。

（原载《上海文学》2017 年第 6 期）

17

月亮咏叹调

◎徐刚

　　元宵节的晚上，我们迎来农历新年第一轮满月。举头望明月，自古以来，人类总是对月亮充满遐想；而对于在中国文化史上诞生过神奇美妙的神话的月亮，以阴晴圆缺的循环往复伴随着几千年中国农耕文明的月亮，中国人的牵挂或许更为细密绵长。随着科技发展，人类的探月之旅一再得以实施。我们为什么不可以遐想——因为中国和世界科学家的努力，未来的月球不再荒芜而是绿色的呢？

望 月

古往今来，谁不曾为月亮欣然？谁不曾为月亮感伤？在星光月色的网罗下，我们的情感，我们心中的秘密，一切暴露无遗。但人们喜欢，至少并不拒绝此种暴露，有时还会在心中默默地向着满月或者弦月倾诉。它倾听，它没有不耐烦的时候，但它只是月色泻地，在黑色的夜晚包裹着你，乃至你的心灵，这时候语言是多余的。

亲爱的朋友，我敢肯定：我们的目光曾在星空中碰撞，曾在月亮上偶遇，因为我们的困惑即使在科学技术迅猛发展的今天，依然古老而年轻：月亮为什么要追随地球？如果没有月亮，地球会不会形单影只孤独不安？月里嫦娥、吴刚、桂花树、玉兔的故事，在人们已经知道月球是一派荒野时为什么依然魅力不减？或许古往今来我们总是把月亮作为感觉和体验的对象，原始人的原始思维中它与神灵相关联，它和夜晚所有的星辰均作为神异而存在，神秘如群猴鸣日，群狼吠月。

只有在诗人的想象中，月亮才会变得更加清亮、明丽，有时也有点忧郁，但他们无不把自己的真性情糅进月光中。月亮是诗人的天生知己吗？月相是诗人的心灵写照吗？月色是从天而降的灵感的线索吗？从而使古今多少人感慨：倘无月亮还有真正的诗人吗？因为月亮，古往今来有多少诗人名重一时，多少诗句千古流传。海上生明月，天涯共此时；明月几时有，把酒问青天；举头望明月，低头思故乡；露从今夜白，月是故乡明；二十四桥明月夜，玉人何处教吹箫；沧海月明珠有泪，蓝田日暖玉生烟；当时明月在，曾照彩云归；今人不见古时月，今月曾经照古人；无言独上西楼，月如钩，寂寞梧桐深院锁清秋……当代诗人卞之琳的名句是：明月装饰了你的窗子，你装饰了别人的梦。艾青的《圆月》别有一番滋味：

我的思念是圆的

八月中秋的月亮

也是最亮最圆的

天涯海角也能看见它

在这样的夜晚

会想起什么？

我的思念是圆的

　　西瓜苹果都是圆的

　　团聚的人家是欢乐的

　　骨肉被分割是痛苦的

　　思念亲人的人

　　望着空中的明月

　　谁能把月饼咽下？

　　月亮何以有如此魅力？何以能使人类中各色人等心怀敬畏？叔本华说："为何满月的景象显得如此慈祥、抚慰和崇高？因为月亮是体验的对象，从不是意愿的对象……而且它崇高，也就是说，它能使我们怀有崇高的心情。因为它一掠而过，看见一切却什么都不参与，地上的作为对于它是陌生的。一看见月亮，意志和永恒的困苦便从意识中消失，它使意识保持纯认识的功能。也许会混杂另一种感觉，即我们与千百万人在共同观赏月亮而消除了个体的差异，以至这种体验把我们联成了一体。"

　　我们很难说，月亮与星空本身就是诗化的，还是被诗化的。回溯历史，人之初学会站立行走并且可以仰望星月，这是一个里程碑式的时刻：从此人类需要分辨白日与黑夜，需要惊讶，需要刺激脑神经。我们并不知道原始先民从何时起称月亮为月亮，称星星为星星，当时的语言极为简单，类同吼叫，但感觉尤其是嗅觉特别灵敏，他们嗅过这夜晚吗？他们嗅到月光泻下的是何种气息了吗？也许只有惊悚和诧异。如同我们儿时一样，他们曾有过无数疑惑：星星为什么眨眼？跟谁眨眼？月亮为什么有圆有缺？且缺后圆圆后缺而反复如斯？那飞过的流星落在何处？如此等等，不一而足，但总而言之，他们已经开始夜观天象，他们的大脑因之发育并点点滴滴地累积认知。终于，在一天的为果腹而采摘渔猎之后，夜晚的出现开始从惊悚变得温柔、和谐，在星光月色的观照下他们渐入梦乡……

探月

月亮，或者满月或者弦月，清幽、宁静地高挂夜空，仰望，我只能仰望，我是如此地想为之赞叹，却久久想不出合适的词语来。司空图有论诗句："落落欲往，矫矫不群"，可为月亮赞乎？

中国人有世界最早最好最美妙的古代天文学，这一切是从观天文察地理开始的。因为农耕所需的对风云变幻的掌握，我们的先人早就点点滴滴地发现了天象的奥秘，有了观天察地的传统。被称为清朝"开国儒师""清学开山始祖"，以"天下兴亡，匹夫有责"影响了一代又一代中华儿女的顾炎武说过，"三代以上，人人皆知天文；'七月流火'，农夫之辞也；'三星在户'，妇人之语也；'月离于毕'，戍卒之作也；'龙尾伏辰'，儿童之谣也"。天象之于农耕是现实的，倘若没有了两三千年的农夫天文学家，华夏文明何以为继？又正是因为有了农耕发展的物质基础，才有后来民间与文人的想象、神话和诗，那是精神和文化了。其中流传最广最富诗意和想象力的便是嫦娥奔月，又为其造广寒宫，种桂树，养玉兔，还有吴刚，月亮上似乎是一切皆备了。这就是神话的魅力，它可以摆脱一切现实生活中的束缚，它还能无视细节的追问，比如嫦娥、吴刚在月亮上怎么生活？是否如人间一样男耕女织？月亮上的土地是否肥沃？种子从何而来？广寒宫里有人间烟火吗？等等。

凡此种种后来都有了答案：1969 年 7 月 16 日，阿波罗 11 号飞船载着阿姆斯特朗、奥尔德林和科林斯三名宇航员，从美国卡纳维拉尔角航天中心发射升空，75 小时后飞抵月球轨道。1969

年 7 月 21 日格林尼治时间 2 时 56 分，阿波罗 11 号宇航员阿姆斯特朗踏上了月球，也是人类由梦想开始的第一次真正的飞天登月。他在月球上说了一句著名的金句："对于一个人来说，这是小小的一步，对整个人类而言，却是巨大的飞跃。"阿姆斯特朗意识到自己并不是在纽约长岛走路，他是在月亮上，他不能不学着走路。他描述他看见的月面景象："有许多非常精美的像粉末一样的沙粒，我能用鞋尖轻轻地踢起它们，我能看见我的鞋印留在沙粒上，行走没有困难。"

后来有报章透露，阿姆斯特朗的登月宣言并非只是前文已写到的两句话，而是："我，哈勃·威尔逊（即阿姆斯特朗，笔者附识），以全人类的名义宣布：月球不属于哪一个国家，而是全人类的共同财富。"稍稍停顿后，他又接着说了一句意味深长的话："我们为和平而来。"

此时卫星转播中断。美国宇航局内很可能是一派沉寂，甚至惊恐或不知所措。因为原来拟定的讲稿全文是："我，哈勃·威尔逊郑重宣布：美利坚合众国拥有对月球的领土主权！"

如果上述消息是真实的，请允许笔者妄加揣测：正是月球表面浩浩荡荡的荒凉与宁静，正是宇宙无限的深邃与沉默，受作为人类一员的良知驱使，阿姆斯特朗的声音成了天空有声无声的天籁之一部分。

后来的月球探测由美国和苏联相继进行，里根更是提出了"星球大战"的设想。"冷战"的气氛一直弥漫到了外层空间，所谓星云失色是也。

耕月

当人类占领了地球上所有的生态空间，生态环境持续恶化，全球气温升高，南极冰川逃逸或加速融化……生态修复、环境保护、可持续发展已成为当今世界燃眉之急，正在为之身体力行的中国堪称典范，其中也包括宇航和探月。

为什么要深入到外层空间？为什么要登月探月？勃劳恩在《宇航的动机》中如是说："我们生活在作为我们家乡的星球上人口爆炸性增长的时代，我们生活在科技革命的洪流中，甚至非洲的人民也要求享有现代技术成就中他们应得的一份。我们不能使历史的车轮倒转至俭朴的生活或返回自然。要摆脱我们所处的困境，唯一的出路是往前逃。而研究和发展永远是进步的钥匙。"

勃劳恩这番话的关键词是"往前逃",而且这是当今人类"唯一的出路"。而地球确实已经伤痕累累,地球上的人类借以生存的资源——从空气到水、到土地,无不前景黯淡。人类中的极少数人已经准备逃离地球了,他们逃往太空何处?月亮。1998年3月5日,美国宇航局研究了"月球勘探者号"发回的数据之后宣称:月亮上有水!当然不是液态水,这一发现证明,过去几十亿年间彗星和冰陨石撞击月亮时,把冰留在了月球中。

这是一个人类梦寐以求的信息!还有月亮表面的氦-3以及月岩中无法得知的矿物质,多少人为之激动为之欢呼为之雀跃!自此,在有些人心目中,月亮已经或将要成为人类意志的对象,作为感觉和体验的对象,古往今来多少人的那些诗一般的感慨,似乎已经微不足道。

迄今为止,地球上最大的月球城模型在日本。当时的信息披露,日本人将在2010年在月球上建立高扬太阳旗的永久性空间站,日本清水建筑公司拟建造月亮太空旅馆,是为争夺月球旅行的先机之着。欧洲航天局当时有计划称,将于2000年发射卫星、2001年在月球南极附近降落登月舱,对附近一座高6000米的月球山脉作考察。此一地点正是美国人发现月亮有水的地方,且常年阳光普照。上世纪末叶，美国、俄罗斯、日本及欧洲共 15 国拟斥巨资 400 亿美元，建太空城。其长 108 米、宽 88 米、重 470 吨，与一个足球场大小相仿。希尔顿国际饭店集团准备在月球上建造太空第一家五星级饭店"月球希尔顿饭店"，它将拥有 5000 个房间，主体建筑高 325 米。该集团时任主席彼得·乔治说："这真是个伟大的设想，自从近来证实月球上有水支持生命以后，我们就想成为最早在月球建设饭店的人。"

回首上世纪末本世纪初，西方世界企图征服月球的疯狂，几乎使月亮成为"月球开发区"，有学者预言：本世纪及以后的若干世纪，是瓜分月亮的世纪！可是迄今为止，那些月球开发的设想还停留在设计图纸上。

对于月亮，对于在中国文化史上诞生过早期人类最为神奇美妙的神话的月亮，以阴晴圆缺的循环伴随着几千年中国农耕文明的月亮，中国人的牵挂也许更为细密绵长。而且我们是后来者，是和平利用外层空间的倡导者。近些年有关"两弹一星"的陆续报道，使人们回到了那难忘的卧薪尝胆、坚韧不拔而又默默无闻的非凡岁月。我在《中国作家》做编辑时曾编过一篇邓稼先的报告文学，令我震惊！

中国航天的最新成就是：嫦娥四号成功实现史上首次月球背面着陆。《参考消息》1月12日报道："嫦娥四号探测器自1月3日顺利着陆月球背面预选区域以来，完成了中继星链路连接、有效载荷开机、两器分离、巡视器月午休眠及唤醒、两器互拍等任务。"美国《福布斯》双周刊网站1月4日文章解析中国嫦娥四号的着陆地点称："中国创造了历史，它着陆于很久以前由陨石撞击产生的冯·卡门撞击坑内。这个撞击坑位于巨大的南极——艾特肯盆地中，该盆地是迄今为止月球上最大的撞击盆地。"布朗大学著名行星学家吉姆·黑德说："成功的太空探索是软实力的巨大实证，能够以不具威胁的和平方式展示技术实力和领导力。"月球背面的探索能够发现什么？黑德先生的回答是现实的也是哲学的："探索就是调查未知领域，而证明能够在月球背面、特别是南极——艾特肯盆地着陆并进行探索，这本身就是一项重大成就，是第一步，是在一个新大陆上的立足。正如我们难以预测未来一样，我们也难以预测探索未知领域的结果。这正是我们要进行探索的原因。"嫦娥四号搭载了棉花、油菜、土豆、拟南芥、酵母和果蝇的种子与虫卵，进行科学试验。棉花的种子还长出了嫩芽。俄罗斯自由媒体网站1月18日文章称："中国科学家将植物送上月球所取得的成就，在如今不仅是无与伦比的，而且具有现实意义。"我们为什么不可以遥想——因为中国和世界科学家的努力，未来的月球不再荒芜而是绿色的呢？那是童话一般的蓝月亮？

月色依旧

只要不为雾霾遮盖，只需我们仰望星空，诗人就会感叹：月色依旧啊！其实在人类看来冷艳无比的月球，自始至今一直为陨石撞击，月球上的环形山一度曾让地球人认为是火山爆发的产物，现在人类知道了，美丽而高冷的月球表面因为持续而残酷的陨石撞击而断裂，形成断层，液态玄武岩从月球深处喷出，成为暗色平原、环形山、如嫦娥四号在月球背面软着陆处的大盆地、大荒凉……月亮本身并不发光，何亮之有？它只是光的传送者，它把照射它的太阳的光芒孜孜不倦源源不断地反射出去，那就是如诗如画能让人若痴若迷的月色。月球永远只以其一面绕地球运行，呈现出诸种月相而与地球相关。无论台风、飓风、龙卷风，都只能掀动海洋的表层，作滔天巨浪状。只有当月球、地球和太阳连接成一线——比如新月和满月时——人们才会看到海洋之不同寻常——整个大海都被搅动了！在中国古人的心目中不断变换月相的月亮，是一种有生命的物体，是方外之物，盈亏圆缺均与地球上的人类相关，是某种带有神性的启示，是樵夫与农人信奉的，如在月圆时布种，则丰收可期；砍木伐薪当在月缺时；月生晕要起风；础润而雨却是在我们脚下了……

月亮是地球的传记

当今地球仍在为生态环境的破坏困扰，2018 年 12 月 10 日《参考消息》发表美国《华盛顿邮报》网站文章：全球碳排放量在 2018 年创下新高。文章说，"从 2014 年到 2016 年碳排放量基本持平，让人们看到了世界正开始出现转机的希望。如今希望十分渺茫，2017 年全球碳排放量增长 1.6%。2018 年的增幅预计为 2.5%"。联合国秘书长古特雷斯在第 24 届世界气候大会开幕式上说："我们有麻烦了。我们在气候变化问题上面临着大麻烦。"得到联合国支持的一个科学委员会认为，"各国只有不到 10 年的时间采取前所未有的行动，在 2030 年之前将排放量减半，以防止气候变化最糟糕的后果"。高级政策顾问卡米拉·博恩说:"这是谁输谁赢的问题,是像欧盟和中国那样为气候行动投入巨资,还是反其道而行之?"

气候变暖的直接影响之一,是南极冰层融化的速度比以往任何时候都快——现在的融化速度是40年前的6倍左右,导致全球海平面上升——由《参考消息》2019年1月16日转载的美国《国家科学院学报》文章如是说。先前还有消息说,南极冰川的万年坚冰从冰架上断裂后径自流浪而去,追踪者痛心疾首又无可奈何!谁曾想到,人类除了面对水土流失之外还要为冰的流失而提心吊胆!

毁坏了地球生态环境的人类,会不会在将来的某一天,移民月球之后再去毁灭月亮生态?谁能预测那遥远世界的遥远一天呢?我目睹的是人类在世界四面八方的呼告:拯救地球——为了我们的子孙后代。而所有的宇航员都会告诉我们:"从太空中看地球,它那悬浮的身姿、温柔的蓝色会使人感极而泣。"当他们从太空回到地球上,他们会从心底里欢呼:"回家了!终于回家了!"荒凉的月球追随、陪伴着的,却是在太阳系乃至宇宙中迄今为止所发现的、具有最独特庄严妙相的地球,人类与别的万类万物的家园之地，文明和一切创造的发生之地。最独特且庄严妙相之说从何而来？茫茫太空中宇航员所见也：在地球的山峦峭壁地貌背后，有至高至大光洁润滑如丝绸的苍穹作衬托，紫外线与红外线交织背景下的蔚蓝轮廓，以及云彩、海洋、山脉森林和大地展现的蓝色、白色、绿色、褐色与红色等诸多色彩随意地调融铺陈，或者随风游走。如此景象在太阳系中难道不是神奇唯一的吗？美国电脑专家哈特曾经作过一个理论上的测算：为使地球上的江湖河海之水保持液体状态，即 0 摄氏度至 100 摄氏度之间，地球可以向太阳移近或远离多少？即现在的地球轨道容许出现多少偏差？哈特的结论是：若地球在目前的轨道上向太阳移近百分之五，则地球表面就会形成高温的温室现象；若地球轨道移远百分之一，则地球便会重返冰川时代。

地球轨道，生命轨道，谁设计的轨道？

况且还有星光月色，"对于我们短促的生命而言，夜晚的星空是庄严、永恒、宁静的象征。事实上它是罕见事件发生的场所，是逐渐向我们显现的创世的伟大戏剧的舞台"（帕斯古阿·约而坦）。太阳、地球、月亮和星星还在眷顾着我们，在每一个夜晚，星月都会展现千变万化的宇宙的祝福：和平与友爱。本杰明·富兰克林因为一句话而得到颂扬："从来不曾有过一场好的战争或者一次坏的和平。"人的世界啊，和平了就有福了，就会青山矗立涛声如歌，就会有每个家庭的安宁，就会有孩子梦中的微笑，就会有看见星空的美妙时刻。今年元旦次日清晨六点，我拉开窗帘，透过窗户玻璃，只见黎明已至而暗夜尚未完全离去的天上，一弯新月怀抱着一颗启明星，幽幽闪烁，我听见天地之间"早安"的声音不绝如缕，我的心里充满了幸福的感觉，"告诉我这世界与我的心灵同在"，"大地、星空，你的思想不得不深入宇宙的心，你不得不彻悟，你诞生于无垠，你不只属于某个地方，你也属于整个世界"（泰戈尔语）。洒向人间都是爱啊！

我想起自己也曾写过几首月亮的九行抒情诗，有一首写在1985年秋天，从南京去武汉看望母亲的江轮上——当时不曾想到这是我最后一次陪伴母亲。诗名"江上半月吟"：

你是倾斜的船，

颠簸在另一片汪洋，

一半藏进清波，

一半露出水面。

我是跟踪的帆,

没有白天, 没有黑夜,

灵感不需要翅膀,

自己飞向蓝天,

你是半月, 我是满月。

（原载《光明日报》2019 年 2 月 15 日）

18

铁

郑小琼

我对铁的认识是从乡村医院开始的。乡村是脆弱的，柔软的，像泥土一样，铁常常以它的坚硬与冷冰切割着乡村，乡村便会疼痛。疾病像尖锐的铁插进了乡村脆弱的躯体，我不止一次目睹乡村在疾病中无声啜泣。每当我经过乡村医院门口时，那扇黝黑的铁门让我心里凉凉的，它沉闷而怪异，沉淀着一种悬浮物，像疾病中的躯体。有风的时候，你便会感觉一个脆弱的乡村在医院的铁门外哭泣。疾病像幽魂一样在乡村的路上、田野、庄稼地里行走，撞着一个人，那个人家里通亮的灯火便逐渐暗淡下去，他们挣扎、熄灭在铁一般的疾病中，如铁一样坚硬的疾病割断了他们的喉咙，他们的生活便沉入了一片无声的疼痛之中。我在乡村医院工作了半年后，无法忍受这种无可奈何的沉闷，便来到了南方。

在南方，进了一家五金厂，每天接触的是铁，铁机台、铁零件、铁钻头、铁制品、铁架。在这里，我看到一块块坚硬的铁在力的作用下变形扭曲，它们被切割、分叉、钻孔、卷边、磨刺头，变成了人们所需要的形状、大小、厚薄的制品。我在五金厂的第一个工种是车床，把一根根圆滑闪亮的铁截成一小段一小段的丝攻粗坯。一根大约十二米长的钢条放进自动车床，车床的钢铁夹头夹住钢条的左右、上下、前后，在数字程序控制下，车床进退移动，钢条被锋利的车刀切断，又被剥出一圈圈细而薄的铁屑。铁屑薄如纸样，闪烁着迷人的光泽，在冷却油的滴漏下，掉下去，丝丝连接着的铁屑断了，变成细碎的铁屑，沉入塑料盆里。

一直以来，我对钢铁的切割声十分敏感，那种"嘶、嘶"的声音让我充满恐惧，它来源于我自小对钢铁的坚硬的信任。在氧电弧切割声里，看着闪着的火花和被切割的铁，我才知道强大的铁原来也这样脆弱。面对氧电弧的切割，我感觉那些钢铁的声音像从我的骨头里发出来，笨重的切割机似乎是在一点点一块块地切割着我的肉体、灵魂，那声音有着尖锐的疼痛，像四散的火花般刺人眼目。相当长的一段时间里，我顽固地认为那些嘈杂而零乱的声音是铁在断裂时的反抗与呐喊。但是在五金厂，在那些凝重的冷却油的湿润下，铁是那样悄无声息地断裂了，分割了，被磨成了尖锥形，没有一点声音。十二米长的圆钢被截成了四五厘米长的丝攻坯，整齐地摆在盒子中。整个过程中，我再也听不到铁被切割、磨损时发出的尖锐的叫喊，看不到四处纷飞的火花。有一次，我的手指不小心让车刀碰了一下，半个指甲便在悄无声息中失去了。疼，只有尖锐的疼，沿着手指头上升，直刺入肉体、骨头。血，顺着冷却油流下来。我被工友们送到了医院。在那个镇医院，我才发现，在这个小镇的医院里原来停着这么多伤病的人，大部分都像我一样，是来自外地的打工者，他们有的伤了半截手指，有的是整个手，有的是腿和头部。他们绷着白色的纱布，纱布上浸着血迹。

我躺在充满消毒水味道的病床上。六人的病室里，我的左边是一个头部受伤的，在塑胶厂上班；右边一个是在模具厂上班，断了三根手指。他们的家人正围在病床前，一脸焦急。右边的那个呻吟着，看来，很疼，他的左手三个指头全断了。医生走了过来，吊水，打针，然后吩咐吃药，面无表情地做完这一切，又出去了。我看着被血浸红又变成淡黄色的纱布，突然想起我天天接触的铁，纱布上正是一片铁锈似的褐黄色。他的疼痛对于他的家庭来说，如此地尖锐而辛酸，像那些在电焊氧切割机下面的铁一样。那些疼痛剧烈、嘈杂，直入骨头与灵魂，他们将在这种疼痛的笼罩中生活。这个人来自河南信阳的农村，我不知道断了三根手指，回到河南乡下，他这一辈子将怎么生活。他还躺在床上呻吟着，他的呻吟让我想起了我四川老家乡村的修理铺里电焊氧切割的声音，那些粗糙的声音弥漫在宁静而开阔的乡村上空，像巫气一样浮荡在人们的头上。在这座镇医院，在这个工业时代的南方小镇，这样的伤又是何其的微不足道。我把头伸出窗外，窗外是宽阔的道路，拥挤的车辆行人，琳琅满目的广告牌，铁门紧闭的工厂，一片歌舞升平，没有人也不会有人会在意有一个甚至一群人的手指让机器吞噬掉。他们疼痛的呻吟没有谁听，也不会有谁去听，他们像我控制的那台自动车床夹住的铁一样，被强大的外力切割、分块、打磨，一切都在无声中。

伤口在我的手指上结痂，指甲盖再也没有原来那样光滑与明亮，与其他九个相比，虬起而斑驳，过程就像一次生硬的焊接。平静的时候，我看着这个在伤痛之上长出来的指甲盖，犹如深渊生长出来的一个异物，如此突兀地耸立在内心深处。我知道，它是那些尖锐的疼痛积聚起来的，在斑驳凹凸的纹路上，还停留着疼痛消失之后的余悸。疼痛在我的感觉上彻底消失了，但是那感觉潜伏在我内心的深处，不会消失，也不会逝去。在无人安慰的静夜，我目睹着我曾经受过伤的手指，慢慢思考着与它有关的细节，仿佛听到乡村那个修理铺师傅的电焊声在我的耳畔响起，"嘶——嘶——"那钢铁的断裂声逶迤而来。我听到的只是声音的一部分，更多的声音已经埋藏在肉体之中，埋藏在结痂的疼痛里，甚至更深处。在那里，已经消失了的，以思想的反光昭示着它们的存在，在我的手指与我的诗歌上凝聚，变得更加坚硬。

我是来南方后写下第一首诗歌的，准确地说，是在那次手指甲受伤的时候开始写诗。因为受伤，我无法工作，只有休息。而手指的伤势还不足以让我像邻床的病友一样在呻吟中度日。窝在医院里，我逐渐变得安静起来，手上裹着的纱布也在两天后习惯了。我开始思考，因为从来没有过这样节奏缓慢的日子，这样宽裕而无所事事的时间。我坐在床头不断假设着自己，如果我像邻床的那位病友一样断了数根手指以后会怎么样？下次我受伤的不仅仅是指甲盖我会怎么样？这种假设性的思考让我充满了恐惧，这种恐惧来源于我们根本不能把握住自己的命运，太多的偶然性会把我们曾经有过的想法与念头撕碎。我不断地追问自己，不断聆听着内心，然后把这一切在纸上叙述下来。在叙述中我的内心有一种微微的颤动，我体内原来有着的某种力量因为指甲受伤的疼痛在渐渐地苏醒过来。它们像一辆在我身体里停靠了很久的火车一样，在疼痛与思考筑成的轨道上开始奔跑了，它拖着它钢铁的身体，不断地移动。

　　我一直想让自己的诗歌充满着一种铁的味道，它是尖锐的，坚硬的。两年后，我从五金厂的机台调到五金厂的仓库，每天守着这些铁块、细圆钢、铁片、铁屑，各种形状的铁的加工品，周身四方都摆着堆着铁。在我的意识中，钱的气味是散漫的，坚硬的，有着重坠感。我感觉仓库的空气因为铁而增加了不少重量。两年的车间生活，我开过车床、牙床，做过钻孔工，我对铁渐渐有了另一种意识，铁也是柔软的，脆弱的，可以在上面打孔，画槽，刻字，弯曲，卷折——它像泥土一样柔软，它是孤独的，沉默的。我常常长时间注视着一块铁在炉火中的变化，把一大堆待处理的铁块放进热处理器里，那些原本光亮苍白的铁渐渐变红，原本冷彻的亮度变得透明而灼热。我这样注视着，那些灼热变成了红色，透明的红，像眼泪一样透明，看得人直流泪，那些泪滴落在灼热的铁上，很快消失了。直到现在我还顽固地认为，我的那滴眼泪不是高温的炉火蒸化的，而是滴入了灼热的铁中，成为铁的一部分。眼泪是世界上最为坚硬的物质，它有着一种柔软而无坚不摧的力量。炉火越来越红，那股烧灼的铁味越来越浓，铁像一根燃烧的柴，只剩下一道红色的发光体，它们像一朵朵花在炉火中盛开着。在我视野里，它渐渐消失了固体的形体，变成了液体的火，气态的光，有着空阔与虚无，这空阔与虚无吞噬了呈现在我面前的铁，它们不断地闪耀，又不断地穿越征服着另外一些尚未发光的铁。

但是在铁质的火焰中，我觉得我周围的工友们的表情总是那样模糊，一种说不出的力量将我们本来清晰的面孔扭曲了……我们的脸上，呈现的不过是一些碎片的光，只在短暂的时刻被它照亮，更多的剩下灰烬、苍老、迷茫，像堆在露天废物场的铁屑碎料一样，被扔下了。

　　生活让我渐渐地变得敏感而脆弱，我内心像一块被炉火烧得柔软的铁。而我周身的事物却在一瞬间，都长满了刺，这些刺不断地刺激着我那颗敏感而脆弱的心，让那颗心不停地疼痛。我看到了一个个的工友们，他们来了，走了，最后不知所终，隐匿于人海之中。他们给我留下的只是一张张不同的表情，热情的，冷漠的，无奈的，愤怒的，焦急的，压抑的，麻木的，沉思的，轻松的，困惑的；这些表情来自湖南、湖北、四川、重庆、安徽、贵州，最后不知去了哪里。他们曾与我有过的交谈、碰面、记忆，这一切都像是铁在外力切割时留下的细碎的火花，很快便归于熄灭。曾经相遇时有过的那种淡而持续的感受渐渐远去，像远过的火车一样，无法再清晰地记起，只有一声声模糊如同汽笛一样的东西不断在脑海中重现。他们来了，走了，对于同样在奔波中的我来说，他们什么也没有带走，什么也没有留下，我的内心在这样一次次相识、相谈、相交中有过的眺望、波动和想象也像一块块即将生锈的铁一样，搁置在露天的旷野。时间正从窄窄的、弯弯曲曲的钟表声响中涌上来，像锈渍一样一点点、一片片地布满了这块铁，最后遮住、覆盖了这一切，剩下一片模糊的红褐色的铁锈，日渐变深，看不见了。

血在手指甲盖上结痂，像生锈的铁一样，一股血的气味在我的口腔里弥漫。我在乡村医院工作时，每天都接触病人、伤口和血，那时我从来没有把血与铁锈联系在一起。在五金厂，我不断地感受到铁锈一样的味道，潮热，微甜，咸。我坐在病床上，看着结痂的指甲盖，有如铁皮厂房那根外露的钢筋，让雨水侵蚀出一种斑痕。打工生活原本是一场酸雨，不断地侵袭着我们的肉体、灵魂、理想、梦幻，但是却侵蚀不了一颗液体的心，它有着比钢铁更为强大的力量。我从热处理器里取出那些灼热的铁放进冷却剂里面，一阵淬火的气味直冲过来，从鼻孔深入肺叶，顽固而矜持。我一直把淬火的铁看做受伤的铁，它淬烈的疼痛在冷却液中结痂，那股弥漫着的气味就是铁的血，黏稠而腥热。

我的一个朋友曾在诗句中写道，南方的打工生活本是一个巨大的熔炉。两年后，当我在写打工生活的时候，写得最多的还是铁。我渐渐没有了刚来南方时那种兴奋与眺望，但也没有别人那种失望与沮丧，我只剩下平静。我不断地试图用文字把对打工生活的真实感受写出来，它的尖锐总是那样的明亮，像烧灼着的铁一样，烧烤着肉体与灵魂。我知道打工生活的真实不仅仅只是像我这样在底处的农民工，同样还有一些在高处的管理层，但是我无法逃脱我置身的现实，这种具体语境确定了我的文字是单一向度的疼痛。

在这样巨大的炉火间，不断会有一种尖锐的疼痛从内心涌起、蠕动，它不断在肉体与灵魂间痉挛，像兽一样奔跑，与打工生活中种种不如意混合着，聚积着。疼痛是巨大的，让人难以摆脱，像一根横亘在喉间的铁。它开始占据着曾经让理想与崇高事物占据的位置，使我内心曾经眺望的那个远方渐渐留下空缺。我站在不知所措的沼泽边沿，光阴像机台上的铁屑一样坠落，剩下一片黑暗在内心深处摇晃。我不知道在打工的炉火中，我是一块失败之铁还是有着铁的外貌却实际上成为硫一样的焦体。我看到自己青春将逝，活在不断从一个工业区到另一个工业区之间的奔波，不知下一站在哪里。时间开始在我的额头开挖着一条条沟壑，它们现在一小段一小段，但是渐渐便会成为整齐的排列，不需多久，它们会在我的肉体开掘一条巨大的河道。日子在我的心中是发黑的陈旧的颜色，和远处工业区的厂房相似，灰暗，阴湿，带着忧伤的味道；它不断地讲述着站在楼角生锈的铁，失败的铁，微弱的声音在我内心中颤抖。

疼痛像一块十马力的铁冲撞着打工者的命运，受伤结痂的手指沉淀出一种巨大的能量，它不断让我重新思考自己的命运。一块铁在这个周遭喧嚣的南方工业都市里，它的嚎叫不再像在乡村的嚎叫那样触目惊心，它的叫声让世间的繁华吞没，剩下的是叹息，与钢铁一样平静。伤口不断淤血肿胀，无声息的病痛不断折磨着我轻若白纸的思想。我试图在现实中学会宽容，对世俗从另外的角度观察与思考，我不止一次转换一个底层打工者小人物的视角，但无论如何，我都无法抹去内心那种固有的伤痛。我远离车间了，远离手指随时让机器吞掉的危险，危险的阴影却经常在睡梦中来临，我不止十次梦见我左手的食指让机器吞掉了。每当从梦中醒来，我便会打开窗户，看夜幕下的星空、树木，一层铁灰的颜色遍布在我的周围。铁终究是铁，它坚硬，锋利，有着夜晚一样的外壳，而我的肉体与灵魂原来是如此脆弱。是的，我无法在我的诗歌中宽容它带给我内心的压抑与恐慌。拇指盖的伤痕像一块铁扎根在我内心深处，它有着强大的穿透力，扩散、充满了我的血液与全身。它在嚎叫，让我在漫长的光阴里感受到一种内心的重力，让我负重前行。

（原载《人民文学》2007年第5期）

19

季节，混乱而严整

◎陈原

世界在秩序里呈现出美。

——歌德

春天，地门大开，万簇光芒从泥土中射出，照亮所有越冬而来的枝干，和所有埋在土地中的种子。

春天，绿色和花朵的暴动将至。这是春天的程序，一个古老的程序。一场无声的惊雷将以视野的方式出现，在每一粒土的内部滚涌。暴动发生，泥土复活，沉默的泥土中深藏暴力。泥土成为伟大的雕塑。我望着万物，身体虚弱，呼吸衰竭，奄奄一息。我不参与暴动，我沉入泥土与根缠绕，并甘心背负暴动策划者的罪名。

春天的力量在树根和树梢之间奔跑。树梢是树的一部分，但树梢和树却更像两种事物，我不知那条神秘的分界线在哪里，但坚信它的存在。而树梢与鸟儿或云朵更可以构成一种事物，而如若它与天空构成一种事物，似乎更加完整——它多么像天空的血管和掌纹！所以树梢生长在树上，却似乎不属于树。我总是觉得树梢属于神性之物，有神迹。树梢如同树的一种果实，被天空采撷，被秘密窃走。而有些事物之间看似最清晰明确的、铁律一样的分界线，其实是完全不存在的。比如树梢和鸟儿之间，和云朵之间，和天空之间。裂痕，有时只是一个美丽的沙画的纹路，轻轻一擦便无。在世界内部，其统一性更大于差异性和分割性。一切分界线都是连接线。所以，重新确定一切事物之间的分界线，就是在改变世界。

春天的空气里隐隐有种发情和死亡的气息。发情的气息在每一件事物上都能闻得到，更容易从自己的内心里感受到。而死亡的气息并不是来自正在发生的死亡本身，而是从逃过了死亡的人与事物的呼吸中散发出来的。这其实也就是万物发轫的力量所在。没有比生与死靠得更近的了。正如一切的生长皆是从死亡之中而来。没有结束，哪有万物之始！

在春天的山野里遇到树的人是幸运的。——山野里到处都是树，所以，山野里到处都是幸福的人。这株站在山脚下的槐树，我几乎从所有方向凝望过它。在大山里，看惯了密密麻麻大片大片的树，突然遇到一株这么有风骨的独立的树，我承认我被它征服了。春天的树，在经历了激越和萌动之后，枝繁叶茂，郁郁葱葱，姿态高岸。但走近它，才发现它树干比我想象得更遒劲，充满结实的力量。它是树中的美男子，它的背景也俊秀。树下一条模糊的小径像述说也像留白。我似乎在前世已经见过它。它像从岁月中伸出来的一只手臂，有力地钳制住了我。那枝头的光泽，幽暗而饱满。就像植物的血色和气色，含着一种被压抑的力量。那是沉入土地中的阳光，在沉默、酝酿之后，伴着泥土之光，沿着从根开始的树干、树的方向重新生长出来了。阳光从来不是只有直射、折射，而是拥有无比丰富的照耀、循环、交融的方式——而我们只习惯于仰起头来阅读光芒。

初入夏门，艳阳高悬，大地繁茂，红隐绿肥。在山野徒步几十里，步子有缓有急。饮山泉乳，摘槐花香。坐硬石条，卧细沙地，仰躺柴草，背靠树身。见柴扉见果园见幼果见幽湖见怪石见野狗见遍野幼苗，遇农人问耕种，遇路人奉问候，亦自言自语。那浓密的树林间疏朗而斑驳的影子，是炙热的夏季最美的颜色，那简直就是晾晒在大地原野里的灵魂的衣衫。

　　但我一直不很喜欢夏天，这种感觉在我对四季产生评价之初一直到现在不曾改变。夏天过于滥情，在这个季节一切都那么易于腐烂，到处都散发着腐浊之气。食物那么不禁放，池塘里的水也生满绿萍。蚊子苍蝇以及各种螨虫、微生物充满世界的各个角落。世界浮躁而肤浅，心不安生。我们的身体也处于溽热的糟烂过程中。在夏天，生活中的女子更容易被勾引。这并不仅仅因为她们的裙子撩拨起来更容易，而是生命里湖心的水浅了，更容易被撩动。

　　从南山上下来的风带着微微热浪奔至我窗前，然后在扬起窗帘和植物的叶片之后，穿堂而过。我心情木木地坐在茶几前吃着酸甜的麦黄杏，想着田野里正在经历着的麦收，会突然感到一种自己被隐藏起来的人生况味。其实现在的麦收已完全不比我童年的麦收了，那时的麦收多么浩大啊！一想起童年故乡的麦收，我就想起忙碌的姥姥，想起生产队打麦场边上的糖精水和绿豆汤。我至今记得六七岁时，麦忙炎热之际，我在和伙伴疯玩之后，在几乎热得冒烟的打麦场旁的树荫下，姥姥给我舀了一碗清凉的糖精水，喝下后的爽快。现在人们认为糖精水对身体有害，但那时却是专给打场的汉子准备的。而在山野，我一直觉得喝生水才是真正喝水。撅着腚，趴在泉眼上，嘴唇和冰凉的石头碰在一起，骨头瞬间变凉。那样喝下的水，才是圣水琼浆。那样喝水，喝下那样的水的人，就是仙人。

在声势浩大的麦收之后，那遗落的麦穗，比麦垛上的麦穗更充满着耀眼的光辉，在我的童年，它对姥姥的意义更深刻，那也是泥土更深厚更细腻的情愫。我曾多次跟着姥姥去捡拾麦穗。在田埂上在麦垄间，我稚嫩的步子和姥姥沉实的步子一起丈量着麦地和夏天。我觉得，姥姥一直处于我和麦穗之间，我们三位一体，做着相同的姿势。一生不变。而处在我和麦穗之间的姥姥，那么瘦。

我虽然不很喜欢夏天，却喜闻夏日惊雷的轰隆和震响。只有雷声与乌云悬浮在空中的时候，才能看到一点夏日世界本来的庄严。除此之外，夏日让这个世界只剩下过敏的、燥热的、黏糊的肌肤，夏日只有蚊虫、浮苔、食物变质时的绿毛，而世界的魂魄已经丢失了。

夏风在力度上并不比冬天凛冽的寒风小，我曾在一个上午，在杨树林里，亲眼看到劲风吹断了一株直径十几厘米的杨树。开始是先听到一声巨响，几乎像石头砸在石头上的声音，顿时有恐惧感。当看到没有异样时，以经验立即判断是树断裂的声音。之后又有几声稍弱的断裂声传来。便向着那株树走去，我看到了数个树断裂的新茬口。因为压在了另一株树上才没有完全断裂开。

夏天喧嚣，其实是呈现着另一种沉默的特征，它释放所有声音，逼退一切发言者。蝉在密叶间殚精竭虑，石头和土壤正在融化。万物在生长中，抬高大地，曾板结的小径也重新开始生长野草，却把小径掩埋了弄丢了。心野蓬勃芜杂，迷茫阻挡光芒。大地上看不到脚印，翅膀只能在被遮挡的空中现出翅膀的局部。大地充血过度，生命遭遇另一种空前危机。远处悬挂的地平线，是激情昂扬还是绝望？夏天的疯狂和混乱其实包含了另一种法则和秩序。万物从容中，唯我慌张。我在想，是谁掌握着这一切？既然有万能掌握者，那么，我愿意将我的一切上缴，我放弃自己的一切权利，包括生与死亡，包括欢愉与痛苦、渴望与绝望、智慧与思想。以及呼吸的权利，我也不再执行，全由万能的掌握者代替。是的，这个世界上，不存在人的任何业力，没有尊卑，只有掌握者的意志是存在的唯一。

每一天的消逝，都让我无比慌张。只有我自己知道我是如何承受着内心每时每刻都发生着的战栗。在夏日疯狂的生长里，生命内部，是那么遥远，它以更接近真实的状态对抗着身外的虚空和假象。其实，即便这样，我仍然不能相信内心的真实。我的灵魂就像小径一样被掩埋被丢失。我已经放弃了追问我是谁，来自何处，去往哪里。因为我没有被追问者，甚至我亦不是追问者——我不在。

只有疼痛，能让我的生命固定，能让我感到自己隐约存在。

夏日，整个原野和世界都正忙于生长，植物向着高处奔跑。以对横向的否定，确定它们的高度和高贵的品格。秩序的遵守，让它们拥挤而不混乱。广袤的土地，知道如何约束每一株植物。向上和向下，是人类失去了的方向，直到最后，人类再也不配拥有这样的方向。而浩瀚的植物们在阳光引领下，在大地统一支撑下，万音颂唱。哦，天光，天光，天光。

我并不陶醉和迷恋夏日的疯狂生长。虽然我一直歌颂生长，但这生长和夏季都是世界的自然性，无须歌颂。它是四季更迭，时光滚动中的一环，是大地的受孕和孕育。是时间的消逝和谷物的逐渐呈现。你何曾见过世界如此充满光泽？但我一直不陶醉于其中，所以我在跟随世界静止的部分行走，而心灵不来到这夏日。所以我也是这个季节最早枯萎的那一株。所以，在我生命里，夏季从不到来。此时，我正绕过它。或者我是跟随别人来到别人的季节。时间里，我找不到另外的路径。

因为雨季到来，我走进原野深处的难度越来越大，次数会减少，这是一种对我的折磨。泥土一直那么泥泞，不能定型，无立足之地，只适合庄稼站立。而那些浓密的庄稼、野草、荆棘、灌木把整个原野封锁，连山路也全部占满掩藏，走进去，也是四面屏风，只能看到刀形的天空。但这都不是我不走进原野的理由。还是蛇、蜥蜴、豆虫等这些活物让我恐惧，一旦它们出现，四面屏风就会变成四面绝壁让我难逃。

夏风之凉，是农人最喜欢的。尤其从禾苗和麦浪上滚来的风，对农人来说，像一盘爽口的凉菜，像一杯通体透凉的冷饮。他望着禾苗和麦浪，像一个将军望着他的士兵。但农人心里仍然想的是新粮与粮囤与透明的胃之间的关系，以及收获之后播种玉米的忙碌。

秋天了。玉米是秋天的宏大象征。夏天的所有力量藏在庄稼里，与秋天汇合。那后面的路途，将变得庄严。立秋，这原野的盛事，将在明亮的苍穹下，悄悄完成。

秋色，最早是从石头上呈现出来的。比如南山。你会感觉到那石头上的阳光里也会有影子，而在春夏完全不会有。此时，万物更加繁茂，大地的光芒被遮蔽，更多的阳光悬浮在庄稼和树木的上空。此时，世界如此清晰，纹脉中的往事入心入髓。此时，身材颀长、皮肤白皙、长发飘飞的女子适合站在山冈上。我的美丽女人们，原野和秋天在呼唤，你们站到山冈上来吧，在秋光里沐浴，在晶蓝的天空下梳妆。从此大地与我都不感伤。

而美丽的农妇一直站在山冈上。

秋天明显比夏日静一些。我并不只是说人，而是包括动物、昆虫、植物，以及空气在内的一切。秋天，似乎一切都在整体地悬浮着，并在这悬浮中开始微微下沉垂落。包括一切生命，包括这个季节，包括尘土。所以，即便离开世界的人，这个季节也比夏季多些。那是生命的下沉。也只有在秋季，我允许自己获得少许快乐，并赦免自己快乐无罪。但绝不可轻薄和放纵。只有和情人相聚，可以得到我自己对自己彻底的赦免。

秋天的阳光像是被打了格子，清晰条理。万物的纹路肌理如同刚被洗过，世界的呈现更充满层次也更加充分，体现着格物之美。几乎可以在任何一件事物上，看到透明的影子，拨开记忆和回溯的通路。在秋日长空下凝望着的人，他的灵魂，亦像身体里活动的影子。此时，我们向精神内部的深处望去，视力优异。在秋分这天，目光毫无阻挡……

无边的玉米地，浩瀚的青纱帐，总是能给予我们一种心情。穿行在玉米地里，你会感觉世界多么真实。是一种很有根据的真实。面对着庄稼之间那互相连接的小路，你是渴望远方，还是渴望归乡？

秋天，不仅仅谷物成熟，果实成熟，叶片也在成熟，没人收获叶片，会最终赠还大地。这是叶子的幸运。它将归根，或漂泊于风中，在远方归根，进入新一轮循环。成熟之后，下一个环节是酿造，并非只是农人家里开始了储存和酿造，而是整个世界开始了储存和酿造。所以整个世界在秋天满溢香气。

我们陶醉于收获，我们看不到土地下面，长粗了的根，和新生的根。根脉在泥土的深处，形状和火焰一样，并且像火焰一样，用它的温度烤着土地。在收获之后，所有的根依然沉默着，远离所有赞美。

对于今年的庄稼，去年的庄稼和所有的根正是它的史前。

在庄稼的根部，应该是生命的广场和坛城。广袤的大地，藏下的是根和声音。旺盛的生长，是一种超越我们听觉的轰鸣。在这沉实的秋天，已经找不到开放的力量。花瓣快乐地枯萎，花朵归梦。那是大梦，是永恒的梦境。永恒就是我们感知到的"无"。泥土一直给予我们生长的暗示。而远方，水泥和沥青构筑的世界已经不能再次生长。水泥的世界在打扮我们的死亡。因为它们是已经死亡的泥土。

天下是个圆环。因循环往复而永恒。因重复和失去意义而永恒。但当它成为困境的时候，天下，就是一个圆柱。我们像驴在磨道，永远围着它转，却爬不上去。就像里尔克说的，我们围绕着古塔，绕行了千年。

深秋，霜冷大地，无边原野上，所有的收获结束，最后的花期消失，花瓣崩溃，枯叶生脆。生长的力量，再次回到泥土自身的生长，回到泥土内部的生长。阳光透射层次分明的土壤，土地的精血需要补偿。分娩之后，大地要清理浊物和污血。节气像一个巫师，为土地的伤口念诵口诀。这是土地的威严，所以它慈祥而又冷酷地驱逐了人类。它巨大的忍耐，要整整一个冬天。

当一场冬雨从下午落下，这个冬天就真正地到达了我们的门外。世界灰暗而混沌。我站在中年的码头，会突然失去对一场雨的理解力和感受力。我躲在有暖气的房间里，听着有些坚硬的雨声，我渴望一盆通红的炉火。在火焰旁边，让自己像个怕冷的、哮喘的、意念呆滞的老人。烤着火，让血液不那么冷，仍然能汩汩流淌，却想不起所有的往事。遥远的青春在遥远的悬崖忍受荒凉。

冬天最耀眼的意象当然是雪。雪一直下着。早上醒来时已积了厚厚的一层，山野一片白茫茫，还没有化尽的残雪，被新的雪压在下面，形成记忆层次。雪静静地下的时候会给天地增加一种特殊的神韵，让我感到，即便今天已经没有了炉火，没有了火焰的跳跃，而内心的夹层里，似乎仍然能感受到火焰的辉映和氤氲。雪，火焰，生命，冬日的景象。

而在温暖的边沿和边沿之外，一切似乎都被冻僵。

在这个时代，在这样的现实中，在寒冷的城市中，我常常找不到语言开始的地方，也找不到语言结束的地方。城市更加僵硬，一切都如此分裂，如此混乱。人类，自从有了城市，便获得了更加巨大的罪恶的生产线，和盛放罪恶的容器。所以在这里，我们所看到的表达，是如此莽撞和武断，如此突兀和莫名其妙，他们根本不认识世界，不认识季节，不认识这个世界上的任何事物，他们看到的一切都是人类新造的事物。他们彻底地失去了自然的秩序，丧失了在美好的秩序中发现和获得美的能力，所以他们如此没有庄重没有教养，语言完全脱离了语境，他们最大限度地延续在无序和无逻辑的状态中。这也应该是粗暴语言肮脏语言横行的根源。

当天空变黄时，岁月也就变成黄色的了。所有新到来的时间也都散发着陈旧光泽。这也暗喻着无论正发生的现在，还是被我们命名的未来都是陈旧的——时间内部一直隐含着回溯的属性。也许时间里的我们，一直是退行的。即，一切皆已发生过，并已被定型。我们只是重新去经历。这也说明世界有定数，并可以被预言。

大地的枯萎，是生长的一个环节。循环，是一个真正伟大的意义。它甚至摧毁了所有局部的意义和过程的意义。死亡和降生在自然界衔接得那么完美，把造物主的意志呈现得如此合理和充分。而这一切，我们几乎觉察不到。所以，伟大的造物主，用呈现掩盖了一切。或者，也藐视了一切。而一切的藐视，皆是对人类的藐视。

在冬天，我喜欢那些从夜里下过来的雪，这样，当我从睡眠中醒来，一站在窗前就能看到它，并看到这美好的事物仍然在发生中。雪花的轨迹是垂直的，落在地上是横向铺展的。美好的、圣洁的雪铺过道路，铺过草地树林，铺过湖面，并随着渐渐升高的山坡一直铺满我的南山。世界被连在一起，沟壑和裂痕被抹去。只有站立的树干和电线杆在这洁白大地上画下直线。

一场雪，像一个素缟的梦，酝酿一次春天的苏醒。此时，最忙碌最活跃的是地下所有植物的根，这是一场地下风暴，所有的根像大地的筋络，把大地编织得更紧密。但我们看不到这一切，就像从没有看到世界的本相。根的伸展里，冬眠的动物们也在抖动的泥土中醒来，光出现在洞口，没有冬眠的人在洞口移动。

而冰凌，挂在房檐下。那是天空的嫩枝，宇宙的新芽。

山里的野湖，会被锁住整整一个冬天。冰是坚硬的枷锁。寒风一直吹它，雪一次次覆盖它。湖缩得很紧。期待春嫩阳暖，雪消冰融，一个断枝把湖砸醒，把明亮的眸子重新映入我们的眼帘。那一瞬间，在冰融的过程中似比看到初现的嫩绿和初开的花朵更令我惊奇。这是刚刚离开的冬天最后的尾部，最后一块冰，是冬天的最后一只脚印。它让我感到了大地上的不舍之意。比回忆和遥望更真实、怅然、缱绻。在融化中它静静的边缘部位的缩小，比将至的声势浩大的春天更强烈。

而不久之后的某一刻，当冰最终消失，那将是世界最深刻的一次告别和变奏。它将比对季节的迎接更能对灵魂产生触动，比不可阻挡的生长力量在大地深处的断裂更能产生隐隐的疼痛。我说过，我是一个很喜欢冬天和深秋的人，这几乎是从少年时代就确定了的。至今没变。去年的春天，我告诉自己，年龄越来越大了，该喜欢春天了。暗示的作用下，我真的比以前喜欢春天了。现在春天又来了，我想我会对春天喜欢得更多些。在春天的萌动里，复活自己生命中的春天。让自己跟随节气伴着万物一次次生长！

残雪犹存，春天已经从这里整装待发。四野的乡村里偶尔传来的农人莫名的鞭炮声，正如地下春天的滚雷。很快，大地的惊蛰就要来临。

花期即将到来，我暂时停止忧伤。让将至的最深的花之海埋藏绝望。与时光一起进入季节永恒的滚动和循环。

大地呈现生命的过程，人类忘记了感动。

看啊，在远山，乌云正在降临。春光也在降临。

四季衔接，并一直这样循环奔跑。

（原载《散文》2016 年第 4 期）

敬　告

　　由于编选时间仓促、工作量大，未能及时与所选作者一一取得联系，请见谅。

　　现仍有部分作者地址不详，为及时奉上稿酬和样书，请有关作者与编辑段琼、赵维宁联系。

E-mail：249972579@qq.com；1184139013@qq.com

微信号：Youyouyu1123；zhaoweining10

辽宁人民出版社

2023 年 1 月